KB102179

# 변혁
# 1990

16

천지무천 장편소설

FUSION FANTASTIC STORY

# 변혁 1990 16권

천지무천 장편 소설

초판 1쇄 찍은 날 § 2016년 1월 6일
초판 1쇄 펴낸 날 § 2016년 1월 13일

지은이 § 천지무천
펴낸이 § 서경석

편집책임 § 한준만

펴낸곳 § 도서출판 청어람
등록번호 § 제1081-1-89호
등록일자 § 1999. 5. 31
어람번호 § 제1-2331호

주소 § 경기도 부천시 원미구 심곡2동 163-2 서경B/D 3F (우) 14640
전화 § 032-656-4452 팩스 § 032-656-4453
http://www.chungeoram.com
E-mail § chungeorambook@daum.net

ISBN 979-11-04-90588-9 04810
ISBN 978-89-251-3388-1 (세트)

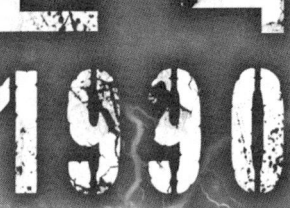

# 변혁
# 1990

천지무천 장편소설

**16**

FUSION FANTASTIC STORY

# CONTENTS

**Chapter 1**

　송 관장의 방문. 예정대로라면 올 연말에나 귀국할 수 있다고 했기에 이런 갑작스러운 방문이 놀랍기도 했고 반갑기도 했다.

　"예상보다 빨리 돌아오셨네요?"

　"말투가 안 돌아왔으면 하는 것 같다?"

　"절대 아닙니다. 2년이라고 말씀하셔서요."

　"그렇게 됐다. 태수는 더 멋있어졌는데."

　"이젠 고등학생이 아니지 않습니까."

　"벌써 그렇게 됐나? 하긴 우리 가인이와 예인이도 대학생이라는 것이 실감이 나지 않아."

가인이와 예인이는 송 관장을 위해서 요리를 하고 있었다. 엄밀히 말하면 술상이었다.

"두 사람 다 학교 생활을 잘하고 있습니다."

"모두 네 덕분이다. 자, 한잔 받아라."

송 관장은 자신이 사온 양주를 내게 따라주었다.

"예."

난 두 손으로 받은 술잔을 바로 마시고는 손 관장에게 돌려주었다.

"관장님도 한잔 받으십시오. 그동안 고생 많이 하셨습니다."

"그래. 넌 대학에 들어갔는데 여자 친구는 만들었냐?"

송 관장은 따라진 술잔을 입으로 가져가며 말했다.

'가인이가 이야기를 아직 안 했나?'

가끔 두 사람은 송 관장과 편지를 주고받았다. 보낸 편지는 선박회사를 통해서 송 관장에게 전달되었다.

"예, 대학 후배입니다."

"자식, 뭐 그런 걸로 우물쭈물해? 젊은 남자가 여자 만나는 것은 당연한 건데."

"예, 그렇지요."

"우리 가인이보다도 예쁘냐?"

그때 마침 가인이가 대접에 담은 낙지볶음을 들고 나왔다.

나는 송 관장의 질문에 아무런 말을 하지 않았다.

"무슨 이야기를 그렇게 재미있게 하세요?"

가인이는 맛있게 요리된 낙지볶음을 내려놓으며 물었다.

"태수에게 여자 친구가 생겼다더라."

"어, 그래요? 다른 것도 좀 갖고 올게요."

송 관장의 말에 반응하는 가인이는 평소 같지 않았다. 낙지볶음을 내려놓자마자 가인이는 집 안으로 빠르게 발걸음을 옮겼다.

"재가 왜 저러냐? 내가 없는 동안 가인이가 좀 달라진 것 같다."

"대학에 들어가서 그럴 거예요. 이것저것 할 게 많거든요."

난 이유 같지도 않은 이유를 대며 화제를 넘겼다.

가인이는 송 관장 앞에서 내가 남자 친구라고 말할 용기가 나지 않는 것 같았다.

"그런가? 대학에 들어가면 좀 편할 줄 알았는데, 그게 아닌가 보네."

"그럼요. 전국에 있는 수재들이 다 모인 곳이 서울대학교인데요. 다들 공부하느라 쉴 틈이 없어요."

"왜 그렇게까지 쉴 새 없이 공부해야 하는 건지 모르겠다. 공부도 중요하긴 한데, 그전에 인간답게 행동하고 살아가는 인성 교육이 더 먼저지."

"맞는 말씀입니다."

나는 송 관장의 말에 맞장구를 치며 술을 따랐다.

"하는 사업은 잘되고 있어?"

송 관장은 비전전자의 고문으로 등재되어 있었지만, 사업에 대해선 관여하는 바가 거의 없었다.

"예, 이전보다 많이 커졌습니다. 러시아와 중국에도 사업체가 있습니다."

"역시 넌 대단한 놈이야. 공부를 하면서 사업을 한다는 게 보통 일이 아닐 텐데. 난 죽었다 깨어나도 그건 못 하겠다."

송 관장은 가인이가 가져온 낙지볶음을 입으로 가져가며 말했다.

"관장님은 어떠셨습니까? 몸이 더 좋아지신 것 같습니다."

송 관장의 구릿빛 피부 아래로는 돌덩이와 같은 단단한 근육들이 온몸을 둘러싸고 있었다.

"큰 배를 타면 사람이 할 일이 별로 없다. 시간도 남고 해서 열심히 단련한 결과지. 너도 게으름 피우지 않고 열심히 했지?"

"예, 매일 쉬지 않고 했습니다."

"그래야지. 내일 테스트 좀 할 테니까, 준비 좀 해."

"내일 말입니까?

"왜 지금 당장 하고 싶어?"

"아닙니다. 준비하겠습니다."

"하여간 네가 고생이 많았다. 네가 없었다면 쉽사리 자리를 비울 수도 없었을 거다. 자! 거국적으로 한잔하자."

송 관장은 내가 들고 있던 술잔에 한가득 술을 따랐다. 나는 송 관장의 잔을 따라 단숨에 술을 비웠다.

"크! 좋다. 역시 술맛은 집에서 먹는 게 최고야. 그런데 가인이나 예인이는 남자 친구가 생겼냐?"

술을 마신 송 관장이 낙지볶음을 집으며 말했다.

"글쎄요. 미팅한다는 소리는 듣긴 했는데, 잘 모르겠습니다. 다 큰 처자들을 제가 따라다닐 수도 없고 해서요."

"음, 너한테는 말했을 것 같은데."

송 관장은 답하기 어려운 질문만을 골라 던졌다.

그때 마침 가인이와 예인이가 해물탕을 들고서 마당으로 나왔다.

"나 없는 동안 다들 고생이 많았다. 당분간은 배를 탈 일도 없으니까, 걱정하지 않아도 된다."

"아빠가 오니까 너무 좋아요."

예인이는 송 관장의 팔을 잡으며 말했다.

"공부하기 많이 힘들다며? 아빠는 공부도 중요하지만, 대학 시절 동안에는 하고 싶은 일도 하면서 자유롭게 모든 걸 다 즐겼으면 한다. 남자 친구도 사귀고 말이야."

"아무나 만날 수는 없잖아요."

가인이는 송 관장의 말에 답했다.

"물론 아무나 만나면 안 되지. 앞에 있는 태수 정도는 되어야지. 한데 어떡하냐, 태수는 여자 친구가 있다고 하던데."

나를 한번 쳐다본 송 관장은 아쉬운 표정을 지었다.

'이거 계속 숨길 수도 없을 것 같은데…….'

나는 가인이를 슬쩍 바라보고는 어렵게 입을 뗐었다.

"미리 말씀드려야 했는데. 사실, 제 여자 친구가 가인이입니다."

내가 이야기를 할 줄 몰랐던 가인이는 순간 놀란 눈을 하며 나와 송 관장의 번갈아 쳐다보았다. 그녀의 얼굴은 무척이나 긴장하는 모습이었다.

술잔을 들던 송 관장은 나의 말에 그대로 망부석이 되어 버렸다.

어색한 정적이 잠시 이어지다가 송 관장이 들고 있던 술잔을 목구멍으로 단숨에 넘긴 후에 빈 술잔을 내게 주었다.

"난 가인이가 어떤 아이인지 잘 알고 있다. 가인이가 선택했다면 난 무조건 좋다. 축하한다, 태수야."

송 관장은 어떤 조건과 딴지도 걸지 않고 순수하게 받아주었다.

"감사합니다."

나는 공손히 술잔을 받아 들었다.

"애가 거칠기는 해도……."

"아빠!"

송 관장의 말에 반발하듯이 가인이가 크게 소리쳤다.

"하하하! 그래 알았다. 애가 거… 으음! 애 엄마를 닮아서 속이 무척 깊다. 내 딸이라서가 아니야. 물론 여기 있는 우리 예인이도 그렇지만 말이야."

송 관장의 말에 왠지 애써 밝게 웃어 보이는 예인이의 눈은 왠지 슬퍼 보였다.

"잘 알고 있습니다."

"한데 진도는 어디까지 나갔냐? 설마, 이 나이에 벌써 손주 보는 것은 아니지?"

"아빠아!"

송 관장의 말에 난 얼굴이 화끈거려서 고개를 떨구었고, 가인이는 동네가 떠나갈 듯이 소리를 질렀다.

"아빠는… 결혼식도 올리지 않았는데."

옆에서 보다 못한 예인이가 한마디 했다.

"그래, 알았다. 뭐해? 빨리 먹고 한 잔 줘야지."

"예, 관장님."

난 들고 있던 술잔을 재빨리 비우고는 송 관장에게 건네주었다.

"이젠 인마, 장인이라고 불러야지."

송 관장은 한 발이 아니라 두세 발 앞서가는 말을 했다.

적지 않은 술을 먹었지만 송 관장의 말 때문에 정신이 번쩍 들었다.

난 내 옆에 앉아 있는 가인이의 표정을 살폈다. 가인이는 자신도 모르겠다는 표정을 짓고 있었다.

"뭐해, 인마?"

송 관장은 재촉하듯 말했다.

'도저히 입이 떨어지지 않는데…….'

"장, 장…….'

입안에서만 맴돌 뿐, 입 밖으로 쉽게 나오지가 않았다.

그때 송 관장의 옆에 있던 예인이가 나섰다.

"아빠, 아직 태수 오빠랑 언니랑 결혼한 것도 아닌데 처음부터 어렵게 하시면 어떡해요? 그냥 오늘은 기분 좋게 마시세요. 저도 한잔 주시고요."

예인이는 주제를 자신에게로 돌렸다.

"음, 그런가. 한데 괜찮겠어? 이 술은 좀 독한데."

"저도 이젠 어엿한 대학생이에요. 동아리 모임에서도 자주 술자리를 가져요."

"그래. 우리 예인이도 다 컸으니까."

예인이가 두 손으로 들어 올린 빈 술잔에 송 관장은 술을 따라주었다.

"가인이도 한잔할래?"

"저는 사양할래요. 저까지 마시면 오늘 아빠와 오빠를 감당 못 할 것 같아요."

가인이는 송 관장과 나를 번갈아 쳐다보며 말했다.

"하긴, 오늘 태수하고 할 이야기가 태산이니까."

'후! 밤새우겠구나. 정신 똑바로 차려야 한다.'

술에 취하는 순간 내 입에서 어떤 말이 나올 줄 모르기 때문이다.


*　　　*　　　*


송 관장이 사온 술은 예인이까지 술자리에 참여하자 금세 떨어졌다.

할 수 없이 내가 송 관장이 외국에서 마시고 싶어 했던 두꺼비를 사 왔다.

가인이는 밤 11시가 넘어서자 피곤한지 집 안으로 들어 갔다. 하지만 예인이는 술자리에 계속 앉아 있었다.

예상하지 못한 것은 예인이가 무척이나 술이 셌다는 것 이었다.

"그래서 사업을 러시아와 중국까지 넓혔다고?"

"예, 내일모레 러시아로 출국할 예정입니다."

"대단하군, 대단해. 우리 태수가 이 정도였는지는 정말 몰랐다."

송 관장은 그동안 있었던 나의 이야기를 듣고는 감탄하 는 표정을 지었다.

"아닙니다. 관장님께서는 체육관을 다시 여실 것입니 까?"

"한동안 생각을 해봤는데, 이젠 누굴 가르치는 것은 못 할 것 같다. 너 하나로 그만두려고 한다."

"그럼 배를 계속 타실 것입니까?"

"여러 가지로 생각해 봐야겠지. 먹고는 살아야 하니까."

미래의 장인이 될 수 있는 송 관장에게 나는 회사의 보안 업무를 맡기고 싶었다. 러시아에 세운 경비보안업체인 코 사크와 같은 회사를 국내에도 만들 생각이다.

이 회사를 통해서 내가 거느리고 있는 회사들의 보안을

맡기려는 것도 있지만, 궁극적으로는 흑천과의 싸움에 대비하기 위해서다.

몇몇 사람의 힘만으로는 거대해져 가는 흑천의 세력을 막아낼 수 없었다.


술자리는 자정이 넘어서야 끝이 났다.

송 관장은 기분 좋게 취기가 올라 집 안으로 들어갔고 나와 예인이가 남아 술자리의 뒷정리를 했다.

"예인이 덕분에 맛있게 잘 먹었다."

"뭘, 오빠 덕분에 아빠도 많이 기뻐하시니까 보기 좋던데."

송 관장은 취기가 오르자 날 노골적으로 사위 취급했다.

"관장님이 너무 앞서가시니까, 좀 난감하긴 했어."

"그랬구나. 아빠 말처럼 나도 언니하고 오빠가 잘 어울린다고 생각해."

"솔직히 나한테 가인이가 과분하지."

겉모습이 바뀌었는데도 본래의 모습이 사십 대라는 생각 때문인지 가인이한테 왠지 미안한 생각이 들 때가 있었다.

"무슨 소리야? 오빠가 어디가 어때서. 나 같았으면 지금이라도 오빠에게 시집가겠다. 누가 채가기 전에 말이야."

"하하하! 예인이는 날 정말 멋있는 사람으로 생각하나 보다."

예인이의 말에 웃음이 나왔다.

'맞아, 당신이 처음 내 안으로 들어왔을 때부터… 어쩌지? 이젠 그 누구도 대신할 수 없게 되었는데…….'

"당연하지. 눈도 멋있고 코 잘생겼지, 입술도 남들보다 떨어지지 않고. 전체적인 얼굴 조합도 음……."

"뭐냐? 왜 잘 나가다가 멈추는데. 얼굴 조합은 어떤데?"

"조합은 그냥 무난해."

예인이는 피식 웃으면서 말했다.

"그냥 무난한 것뿐이야? 자세히 좀 봐봐."

술기운 때문이었을까? 나는 얼굴을 예인이의 앞으로 바짝 디밀었다.

예인이는 치우던 접시를 잠시 내려놓고 날 바라보았다. 그러고는 눈을 감았다.

눈이 먼 장님처럼 두 손을 들어서 내 얼굴을 만지기 시작했다.

"뭐하는 거야?"

내 말에 예인이는 손가락을 입으로 가져가며 조용히 있으라는 손짓을 했다.

"쉿! 마음으로 보는 거야."

예인이가 말을 마칠 때쯤 달이 구름 사이로 사라지며 시원한 밤바람이 불어왔다.

바람은 나와 예인이의 사이를 훑고는 그녀의 긴 머리카락을 단장하듯이 어루만졌다.

하늘로 휘날리는 머리카락들 사이로 보이는 예인이는 무척이나 진지했다. 그런 예인이의 모습은 달빛에 비친 붉은 홍매화처럼 아름다웠다.

'정말 예쁜 아이야…….'

작품을 조각하듯이 내 얼굴을 매만지는 예인이의 손길이 이마를 지나 두 눈 사이를 잠시 머물다가 코를 매만졌다.

그리고 입술을 지나 턱 선을 매만질 때쯤 예인이의 두 손이 떨리는 것이 느껴졌다.

장엄한 의식을 치르는 사람처럼 조심스럽게 내 얼굴에서 손을 뗀 예인이의 감은 두 눈가에서 갑자기 눈물이 주르륵 흘러내렸다.

"예인아 왜 그……."

난 말을 다 잇지 못했다.

순간 예인이가 내 목을 감싸 안고는 슬프게 흐느끼기 시작했기 때문이다.

"오빠, 미안해… 흑흑! 정말 미안해……."

갑작스러운 예인이의 행동에 난 어찌할 줄을 몰랐다.

'예인이가 왜 울지? 슬기운 때문일까?'

예인이가 갑자기 이리 슬프게 우는 이유를 알지 못했다. 하지만 예인이의 알 수 없는 아련한 슬픔이 예리한 송곳처럼 내 마음을 파고들었다.


그날 밤 나는 잠을 이루지 못했다.

예인이가 왜 그리 슬프게 울었는지 아무리 생각을 해봐도 알 수가 없었다.

지금까지 살아오면서 난 그런 슬픈 눈을 보지 못했다.

눈물이 가득한 예인이의 눈을 보고 있자니 우는 이유를 차마 물어볼 수가 없었다.

가슴이 시릴 정도로 슬픔이 내게 전달된 이유를…….

**Chapter 2**

부산한 소리와 함께 가인이의 목소리가 들렸다.

"언제까지 잘 거야? 빨리 일어나!"

꿈인지 현실인지 분간이 안 될 때 창문의 커튼이 활짝 열렸다.

강렬한 아침 햇살이 두 눈을 곧바로 내려쳤다.

"아! 잠시만."

언제 잠들었는지 모르지만, 어느새 아침이었다.

"해가 중천에 떴어. 몇 시에 잠들었는데 이렇게 힘들어해?"

창문까지 활짝 열리자 신선한 아침 공기가 방 안으로 앞
다투어 쏟아져 들어왔다.

"모르겠어. 벌써 아침이네."

"예인이가 해장국 끓여놨으니까, 바로 내려와."

가인이는 그 말을 하고는 아래층으로 내려갔다.

"이야! 몸이 찌뿌둥하네."

기지개를 켜면서 침대에서 일어났다. 시계는 8시를 향해
달려가고 있었다.


식탁이 있는 부엌으로 가자 송 관장은 벌써 해장국에 밥
을 말아서 맛있게 먹고 있었다.

"많이 피곤했나 봐?"

예인이가 해장국이 담긴 국그릇을 내게 주며 말했다. 어
젯밤 슬픔을 쏟아내던 예인이가 아니었다.

'아무렇지 않은 건가? 잠을 못 잔 거 같은데……'

"어, 술이 좀 과했나 봐."

"어서 먹어라. 속이 확 풀린다."

송 관장은 연신 숟가락으로 해장국을 입으로 퍼 날랐다.

"그렇게 주는 대로 다 받아 마시면 어떡해?"

내 옆에 자리를 잡고 앉은 가인이가 한마디 던졌다.

"야아! 벌써부터 태수를 챙기는 것이냐? 이 아빠에게는

걱정스러운 말 한마디 하지 않고 말이야."

송 관장이 나와 가인이를 바라보며 말했다.

"아빠는 제가 있잖아요. 더 드세요."

예인이가 해장국을 더 담아와 송 관장 앞에 놓았다.

"그래, 우리 예쁜 예인이밖에 없다. 너는 절대 언니처럼 행동하면 안 된다."

송 관장은 예인의 어깨를 두드리며 말했다.

"제가 뭘 어쨌는데 그러세요. 내가 뭐 잘못 말했어?"

가인이가 날 보며 물었다.

"아, 아니……."

"저 봐라. 가재는 게 편이라고 서로 편드는 거. 내가 앞으로 이 꼴을 계속 봐야 하나."

"아빠가 자꾸 그러면 태수 오빠가 체하겠어요."

예인이가 나서서 말을 했다.

"너도 설마 태수 편은 아니지?"

"아빠도 참, 편을 원하시면 제가 아빠 편할게요. 그런데 아빠 편 오빠 편이 어디 있어요? 우리 모두 가족이잖아요."

"음, 그건 그렇지. 하여간 지켜보겠어."

예인이의 말에 숟가락으로 다시 해장국을 뜬 송 관장이 나를 향해 말했다.

'내가 말을 잘못했나? 하여간 예인이가 평소대로 돌아와

서 다행이네.'

송 관장의 말에 활짝 미소 짓고 있는 예인이를 보며 나 또한 해장국을 맛있게 먹기 시작했다.

*                  *                  *

아침 식사를 마치고는 나는 곧장 이천에 있는 도시락 공장으로 향했다.

생산 설비를 최신 설비로 교체하는 작업이 모두 끝났기 때문이다.

이천 공장에 적용한 생산 설비를 모스크바 공장에도 설치하기로 했는데 생산 효율이 계획했던 대로 나오는지를 알아야만 했다.

일주일 정도 돌려본 생산 설비는 무리 없이 잘 돌아가고 있었다.

공장으로 들어가기 위해서 정문을 향할 때 국민학생으로 보이는 학생 서너 명이 공장 정문에서 누군가를 기다리고 있었다.

그중 나이가 더 들어 보이는 아이 두 명의 등에는 젖먹이가 업혀 있었다.

빵빵!

자동차 경적을 울리자 아이들이 한쪽으로 물러났다.

주차장에 차를 세울 때쯤 아이들의 엄마로 보이는 두 명의 여자가 정문으로 향하는 것을 보았다.

아이들도 엄마를 보자 좋아하는 모습이었다. 두 명의 젖먹이를 업고 있던 아이들은 엄마에게 젖먹이 아기를 건넸다.

아이들의 엄마로 보이는 두 명의 여자는 경비실로 아이들을 데리고 들어갔다.

그때 이천 공장의 공장장이 나를 발견하고는 빠르게 걸어왔다.

"오셨습니까?"

"예, 수고가 많으십니다. 한데 저기 경비실로 들어간 분들은 공장 직원분들이십니까?"

"아, 예. 이번에 새로 들어온 직원들입니다. 젖먹이 아기가 있는데, 돌볼 사람이 없어서 엄마가 출근 전에 타 놓은 분유를 다 먹이면 점심때를 맞추어서 언니가 젖을 먹이기 위해서 데리고 옵니다. 아기 언니들도 국민학교를 다니는 어린 학생들이라서 분유를 타 먹이기도 여의치가 않은 것 같습니다."

"아기를 돌볼 수 있는 사람이 전혀 없는 것입니까?"

이현철 공장장에게 물었다.

이현철 공장장은 올해 초 새롭게 영입한 인물로 성격이 온화해 공장직원들을 살뜰히 잘 살폈다.

"한 직원의 아이 아빠는 올 초 교통사고로 사망했고, 다른 한 명은 남편이 상습적으로 폭력을 행사해서 이혼한 상태입니다. 다른 가족들도 없어서 애를 돌보지 못하는 것 같습니다."

50대 초반의 이현철은 직원들의 사정을 소상히 알고 있었다.

"혹시 다른 직원들도 저분들과 같은 사정에 처한 분들이 있습니까?"

"예. 젖먹이들은 아니지만, 어린아이들이 혼자 집에 생활하는 직원도 있고 이웃집에 맡겨놓고 출근하는 직원들도 있습니다."

공장 근처나 직원들이 사는 동네에는 아이들을 돌볼 만한 유치원이나 어린이집이 없었다.

현재 도시락 공장의 생산직 직원 중 65% 이상이 여성 직원들이었다.

"음, 제가 거기까지 미처 생각하지 못했네요."

"하하! 아닙니다. 다른 공장들도 다들 마찬가지입니다. 도시락 직원들에 대한 복지 시설과 대우는 근처에 있는 어느 공장보다도 뛰어납니다."

이현철의 말처럼 직원들이 더 나은 환경에서 근무할 수 있도록 신경을 많이 썼다.

한쪽에서는 기존에 있던 직원식당과 휴게실을 새롭게 꾸미는 공사를 하고 있었다. 굳이 공사를 진행하지 않아도 되었지만, 직원들의 더 나은 편리를 위해서 하는 공사였다.

"우선 생산 시설을 보고서 이야기를 하시지요."

"예, 이쪽으로 오십시오."

이현철이 안내로 새롭게 바뀐 생산 시설을 하나하나 점검하듯이 살펴보았다.

25억이 투자된 생산 설비는 기존 설비보다 소음도 줄었고, 생산량도 예상했던 것보다 3% 정도 효율이 더 높게 나왔다.

"한 달에 5천 상자는 더 추가로 생산할 수 있습니다."

"좋은 소식이네요. 이번 달까지 지켜보고 결정해야겠습니다."

일주일만 돌려보고서는 알 수 없었다. 적어도 한 달 이상은 생산 상태를 봐야만 했다.

"제 생각으로는 특별한 문제는 없을 것입니다."

"그럼 이제 식당하고 휴게실 좀 살펴보지요."

나의 말에 이현철이 앞장서서 안내했다.

마무리 공사가 한창인 구내식당은 훨씬 현대적이고 밝아

진 느낌이었다. 주방 설비도 최신형으로 교체했고 그동안 사용했던 주방 설비들은 보육원에 기증했다.

"훨씬 보기 좋네요."

최대한 많은 인원들이 식사를 하기 위해 좁게 설계했던 기존 구내식당의 구조를 변경해 여유 있게 식사를 할 수 있는 넓은 구조로 바꾸었다.

또한 점심식사 시간도 1시간에서 1시간 20분으로 늘렸다.

"직원들도 무척 좋아합니다."

"휴게실도 보도록 하지요."

"예, 이쪽입니다."

직원휴게실은 기존보다 20평 정도 더 넓혔다.

조금은 답답했던 휴게실이 20평 더 늘어나자 상당히 쾌적한 장소로 탈바꿈했다.

지금은 커피 자판기와 함께 탄산음료를 무료로 마실 수 있는 음료수대 설치 작업을 진행하고 있었다.

공사가 끝나면 차와 음료가 갖춰진 이곳에서 편안한 음악을 들으면서 직원들이 담소를 나눌 수 있었고, 외부에서 손님이 와도 이용할 수 있는 공간이 되었다.

서울에 있는 웬만한 카페보다도 뛰어나게 인테리어 공사도 진행 중이었다.

모든 상황을 둘러본 후에 공장장실로 향했다.

"혹시 공장 근처에 매물로 나온 땅이 있습니까?"

"공장을 확장하시려고 그러십니까?"

"아니요, 회사 차원에서 어린이집을 운영할까 해서요."

내 말에 공장장이 무엇을 이야기하는지 바로 감을 잡았다. 아까 점심때 공장을 찾아온 아이들 때문이라는 것을.

"바로 알아보겠습니다."

"공장장님께서 잘해주고 계시지만 직원들이 필요로 한 것이 있으면 바로 연락해 주십시오."

"예, 그렇게 하겠습니다. 대표님께서 이렇게나 신경을 써 주시는 걸 알면 직원들이 더 힘을 낼 것입니다."

이현철이 도시락으로 자리를 옮긴 이유도 직원들을 위하는 나의 이런 방침 때문이었다.

이현철 공장장이 17년 동안 몸담았던 회사에서 도시락으로 옮긴 결정적인 이유가 있었다.

갑작스럽게 그가 다니던 회사의 사장이 심장마비로 사망하자, 새롭게 공장을 인수한 사장이 첫 번째로 행한 일이 월급과 직원들에 대한 복지비를 삭감하는 일이었다.

이현철은 직원들을 대표해서 이전처럼 해달라는 건의를 회사에 했지만, 새로운 사장은 콧방귀도 뀌지 않았다.

사장은 절이 싫으면 중이 떠나라는 말을 뱉으며 불만이

있는 직원은 떠나라는 식의 이야기를 했다.

그 말에 그는 곧장 사표를 제출하고 도시락으로 자리를 옮긴 것이다.

그렇게 이현철 공장장과 함께 도시락에 입사한 직원들 모두가 성실했고 맡은 바 일에도 충실했다.

"그리고 오늘 직원들과 회식을 하십시오. 식품연구소 직원들은 제주도에서 돌아오는 대로 제가 따로 주겠습니다."

나는 품에서 백만 원이 담긴 봉투를 내밀었다.

식품연구소 소속 직원들 모두는 제주도로 3박 4일간 워크숍을 떠났다.

도시락 본사를 비롯한 공장의 모든 부서가 1년에 한 번씩 돌아가면서 워크숍 겸 여행을 떠날 수 있게끔, 올해 상반기부터 시행한 일이었다.

"매번 신경을 써주시니 정말 감사합니다."

이현철은 진심이 담긴 말을 했다.

"제가 별로 신경 쓰는 일이 없도록 해주시는 것에 비하면 아무것도 아닙니다. 언제든지 회식 자리가 필요하면 연락하십시오."

"예, 말씀대로 하겠습니다."

이현철은 기분 좋게 말했다.

"그럼 저는 올라가 보겠습니다."

"예, 조심히 올라가십시오."

이현철 공장장은 회식 자리에 참석해 달라는 말을 하지 않았다. 내가 얼마나 바쁘게 움직이는 것을 그도 잘 알고 있었다.

이천 공장을 떠나 나는 다시 구로에 있는 블루오션으로 향했다.


*          *          *


중국 시장을 목표로 개발된 블루아이 전화기의 개발이 완료되어 시제품이 만들어졌다.

블루아이는 원가를 줄이기 위해서 재다이얼 등 기본적인 기능 몇 가지만 추가한 전화기였다.

레드아이의 제작단가보다 40%나 저렴하게 제작되었지만 그렇다고 디자인이 떨어지는 것은 아니었다.

원래 50%를 목표로 했지만 단가를 더 줄이면 제품의 질이 확연하게 떨어져 저가 상품으로 보일 수 있다는 의견에 수정했다.

"생각했던 것보다도 디자인이 깔끔하게 나왔네요."

나는 블루아이를 요리조리 살피며 말했다.

"예, 최수경 과장이 신경을 많이 썼습니다."

레드아이 제품 개발을 이끌었던 권오철 과장의 말이었다.

최수경 과장은 블루오션의 디자인팀을 이끄는 책임자였다. 현재 디자인팀은 최수경 과장을 비롯하여 3명의 인원이 있었다. 앞으로 꾸준히 디자인팀의 인력을 보강할 생각이다.

"닉스 디자인센터의 도움도 많이 받았습니다."

권오철의 말에 회의에 참석한 최수경 과장이 답했다.

재즈—II의 개발 이후 닉스의 디자인센터와 블루오션의 디자인팀은 공조를 잘 이루었다.

"그렇다고 해도 레드아이와 비교해서 전혀 손색이 없는 디자인입니다. 정말 수고 많으셨습니다."

"감사합니다."

짧게 대답하는 최수경 과장의 입가에는 옅은 미소가 서렸다. 회사를 이끄는 대표에게서 받는 칭찬은 듣기 좋은 거였다.

"전화기의 색상은 중국인이 좋아하는 붉은색과 노란색 그리고 주황색으로 제작될 것입니다. 그래서 드리는 말씀인데 블루아이라는 이름보다는 다른 이름으로 변경하는 게 좋겠습니다."

권호철 과장이 조심스럽게 의견을 제시했다.

중국인 좋아하는 색은 황금색(노란색)과 붉은색을 특히 좋아했다. 황금색은 지존을 상징하는 색으로 과거에는 황제와 황궁에서만 사용 가능한 색이었으며, 중국 문화의 발상지인 황토고원(黃土高原)을 의미하기도 한다.

붉은색은 옛 귀족들이 숭배하던 색깔로 붉은색에 대한 애호는 귀족 사회에서 점차 민간에까지 퍼져 이젠 중국인 모두가 좋아하는 색이 되었다.

중국인들에게 붉은색은 상서로움과 생명력의 상징이며 성공, 행운, 복, 다산 등과 같은 모든 좋은 것들을 의미한다.

중국에서는 신부의 전통 결혼 예복뿐만 아니라 정월 초하루나 경사스러운 일이 있을 때 터뜨리는 폭죽도 붉은색이며, 축의금이나 세뱃돈을 넣어 주는 봉투 역시 붉은색이다.

"틀린 말씀은 아닙니다만 전화기 색상에 청색도 집어넣으십시오. 중국 사업의 성공에서 색상은 중요한 부분을 차지합니다. 하지만 너무 붉은색과 황금색에만 치중된 전략은 향후 중국인들에게 중국산 제품이라는 부정적 이미지를 심어줄 우려가 있습니다. 청색은 앞으로 중국인이 좋아하게 되는 색이 될 것입니다."

청색은 중국인이 그다지 좋아하는 색이 아니었다가 한국의 첨단기업들이 청색을 많이 활용하면서 하이테크을 의미하는 색으로 점차 각인되었다.

황색(노란색) 또한 시간이 흘러 황색(黃色)이란 단어에 담긴 '퇴폐적인, 음탕한'이라는 의미가 있어서 성인물을 표시할 때 앞에 이 단어나 노란색을 사용했다. 그러다 보니 예전에는 황금색과 같이 취급해서 환대했지만, 근현대로 들어오면서 점차 꺼리는 색으로 변했다.

개혁개방이 이루어지고 시간이 흐르고 시대가 바뀌는 과정에서 색에 대한 전통적인 관념도 바꾸어갔다.

이러한 앞으로의 변화를 블루오션 직원들은 모르고 있었다.

그런 변화를 예측할 수 있는 것이 내가 가진 가장 큰 무기이자 재산이었다.

*         *         *

내일 모스크바로 떠나기 전 나는 대전으로 향했다.

국가안전기획부의 박영철이 지원을 부탁한 인물을 만나기 위해서다.

내년 초까지 우리와 뜻을 함께하는 국회의원 두 명을 만들어내는 것이 목표였다.

그러나 절대 쉽지는 않은 일이다.

약속 장소는 대전역 근처에 위치한 중국집이었다.

중국집 위로 대림각이라는 붉은 간판이 곧 떨어질 것처럼 위태롭게 걸려 있었다.

대림각 안에는 늦은 점심을 해결하려는 서너 명의 사람들이 앉아 있었다.

"어서 오세요! 빈자리 아무 데나 앉으셔도 됩니다."

내가 안으로 들어서자 사십 대로 보이는 사람이 배달통에서 빈 접시를 꺼내며 말했다.

"예약했는데요."

"아, 저쪽 방으로 들어가십시오. 두 분은 벌써 오셨습니다."

닫힌 방의 문 아래에는 두 켤레의 신발이 가지런히 놓여 있었다.

방문을 열자 박영철과 오십 대 중반으로 보이는 인물이 담소를 나누고 있었다.

"차가 막혀서 조금 늦었습니다."

"아닙니다, 저희도 방금 도착했습니다. 어서 들어오십시오."

박영철은 나를 보자 반갑게 맞아주었다.

나는 박영철의 옆에 자리를 잡았다. 방 안에는 기다란 탁자가 두 개 있었지만, 주인에게 부탁해 다른 손님은 받지 말도록 했다.

대신 대림각에서 가장 비싼 요리들로만 주문했다.

"이분은 말씀드린 도시락의 강태수 대표이십니다."

박영철은 나를 소개할 때마다 회사의 이름을 다르게 말했다.

"이쪽은 충남대에서 역사를 가르치시는 장인모 교수님이십니다."

살짝 앞머리가 벗겨지기 시작한 장인모는 학자다운 풍모보다는 기업체를 운영하는 경영인처럼 보였다.

"장인모라고 합니다. 어려운 일에 동참해 주서서 감사합니다."

"아닙니다. 강태수라고 합니다."

장인모가 내민 오른손을 잡자 따스함이 느껴졌다.

"학교에서 학문을 연구하고 후학들을 양성해야 하는 제가 정치판에 끼어들 정도로 이 나라가 위험한 길로 치닫고 있습니다."

장인모는 소개가 끝나자마자 묻지도 않은 말을 내뱉었다.

"어떤 위험함인지요?"

난 그의 말에 호기심이 동했다.

"제가 동양사를 배웠고 학교에서도 가르치고 있습니다.

그러다 보니 여러 가지로 한국과 중국 그리고 일본 삼국에 대해 연구를 하게 되었지요. 그러던 중에 특이한 사건들을 마주하게 되었습니다. 일반적인 역사서에는 기록되지 않은 일들을 말입니다. 그중에서……."

장인모는 내가 물었던 질문에 대한 답을 하기 위해서 그가 알고 있는 이야기를 시작했다.

그가 말한 이야기들은 놀랍게도 내가 백야의 인물인 심마니 정 씨에게서 들었던 흑천과 백야에 관한 이야기였다.

장인모 교수가 일본과 중국 고서점에서 발견한 정체불명의 고서적에 적힌 내용에 대한 연구이기도 했다.

그의 이야기 중에서 가장 놀라운 것은 흑천의 한 지류가 조선 초 일본으로 건너가 일본에서 세력을 형성한 후, 일본의 전국시대를 일부러 조장하고 도요토미 히데요시의 전국통일을 도왔다는 이야기였다.

또한 교토를 정복하고 일본 전국을 손아귀에 넣을 뻔했던 오다 노부나가를 제거한 것도 흑천의 지류였다고 말했다.

원래의 역사에서 1582년 노부나가는 일본의 중앙부를 거의 제압하고 전국통일을 목전에 두고 있었다. 이때 쥬고쿠 지방의 강적 모리 테루토모(毛利輝元)를 지원하기 위해 출정했는데, 이동 중에 교토의 본능사(本能寺)에서 가신인 아케치 미츠히데(明智光秀)의 배신으로 통일 사업을 이루지 못한 채 죽임을 당하였다.

한데 가신인 아케치 미츠히데가 흑천에 속한 인물이라는 것이었다.

"흑천의 지류는 흑야라는 자체적인 이름으로……."

조선에 건너간 흑천의 지류는 흑야라는 이름으로 재탄생하면서 자체적인 독립세력으로 성장했다.

장인모 교수의 말을 빌리면 흑야는 조선 땅의 흑천과 연계하여 조선과 일본 그리고 명나라까지 흔들어놓을 수 있는 계략을 짰다.

그것이 도요토미 히데요시가 일으킨 임진왜란이었다.

흑야는 도요토미 히데요시에게 일본을 통일할 수 있게 만들어준 대가를 요구했고, 도요토미 히데요시는 일본 본토의 안정을 꾀한다는 명목하에 전쟁을 일으킨 것이다.

흑천과 흑야는 전쟁으로 혼란스러운 상황을 만들어내어 힘이 약화된 일본과 조선을 손아귀에 넣으려고 했지만, 역사는 그들의 뜻대로 흘러가지 않았다.

장인모 교수는 또한 조선에 존재했던 미지의 세력과 중국에서 건너온 알 수 없는 존재들이 이들의 야욕을 막는 데 크게 일조했다는 이야기를 했다.

그들이 백야인지 아니면 또 다른 존재인지는 알 수 없었다.

임진왜란과 정유재란이 끝나고 일본 본토를 장악한 도쿠가와 이에야스는 자신이 가진 힘을 최대한 사용하여 혼란의 주역인 흑야를 제거하려 했다고 한다.

그 때문인지는 모르지만 흑천과 흑야는 단절되었고, 일제 강점기 때에는 오히려 적대적인 관계로 이어졌다는 이야기였다.

그 이후의 이야기는 심마니 정 씨와 부산에서 만났던 해당화에게서 들었던 이야기와 유사했다.

"제 이야기가 허무맹랑하게 들릴 줄 압니다. 저도 처음에는 이 같은 이야기가 적힌 고서적을 접했을 때 그냥 웃어넘겼습니다. 하지만 대한민국 정부가 수립되고 근대사에 들어서면서 왜 이 땅에서 친일 청산이 이루어질 수 없었는지를 연구하는 과정에서 흑천이라는 단어가 갑자기 튀어나왔습니다. 이 나라를 염려하고 정의로운 나라가 되기 위해 힘을 썼던 우국지사들이 정체를 알 수 없는 흉수의 수작으로 비명에 간 것도 흑천이라는 미지의 집단과 연계가 있었습니다. 이런 사실을 알리려고 하던 중에 박영철 차장님을 만나게 되었습니다. 우리는……."

박영철도 처음에는 장인모 교수의 말을 믿지 않았다. 하지만 그와 내가 지원하는 광복회의 신현석도 근현대사를 연구하던 중 이러한 사실을 마주했었다.

박영철도 나름대로 정보를 수집하고 있지만, 어찌 된 영문인지 흑천에 관련된 자료나 정보를 쉽게 접할 수 없었다.

하지만 국가기록원에서 우연히 발견한 자료를 통해서 흑천이 오래전부터 정치와 경제계에 깊숙이 관여하고 있고, 그들을 비호하는 세력이 상당하다는 것을 알게 되었다.

흑천을 감싸는 세력 중에 상당수가 친일파였고, 그들이 이 나라의 정치 세력에 상당한 영향력을 끼친다는 사실이 장인모 교수와 신현석이 정치판으로 뛰어든 계기가 되었다.

변화와 변혁을 두려워하는 기존 정치세력으로는 이 나라에 뿌리 깊게 자리 잡은 친일파와 흑천에 대항할 수가 없었다.

"역사의 기록 중에는 과장된 것도 있고 잘못 기재된 내용도 있습니다. 하지만 그걸 모두 고려하더라도 이들은 시간이 흐를수록 계속해서 세력이 커지고 성장하고 있었습니다. 이 나라를 움직이는 위정자들의 생각이 바뀌지 않는 이상, 독버섯처럼 자라나는 이들로 인해 대한민국은 점점 암울한 길로 들어설 것이고 국민들도 불행한 사태를 맞이할 것입니다. 그래서 미약한 힘을 가진 우리라도 나서야 합니다."

장인모 교수가 이야기를 끝마치자 주문한 요리가 하나둘

방 안으로 들어왔다.

테이블 위로 올려진 3개의 커다란 접시에 담긴 요리에서 맛있는 냄새가 풍겨왔지만 장인모 교수의 이야기를 듣고 나자 선뜻 손이 가지 않았다.

"후! 교수님의 말씀을 듣고 있자니 가슴이 답답합니다. 술이나 한잔해야겠습니다."

크게 한숨을 내쉰 박영철은 고량주를 주문했다.

이름 모를 독립운동가들이 흘린 피와 땀으로 이룩한 광복이 오히려 친일파들이 득세하는 세상으로 바뀐 것이 박영철은 원망스러울 뿐이었다.

'음, 나 말고도 흑천에 대비한 사람들이 있었구나.'

"이번 보궐선거에서 승산은 있습니까?"

선거에서 승리해야지만 정치권에서도 무언가를 시작할 수 있었다.

"정확하게 말씀드리면 30%의 가능성을 보고 있습니다."

박영철은 요리로 나온 오향장육을 앞 접시에 담으며 말했다.

구로에 출마하기로 한 신현석보다도 적은 확률이었다. 신현석의 당선 확률은 40% 정도로 예상했다.

"30% 정도입니까?"

"하하하! 박영철 차장님이 저보다 높게 잡으셨네요. 저는

20%로 보고 있었습니다."

장인모 교수는 아무렇지 않은 듯이 웃으면서 말했다.

그의 말처럼 장인모는 정치인이 아니었고 대학에서 학문을 연구하던 학자였다.

그나마 TV에서 방영된 몇몇 다큐멘터리 프로에 출연하여 대중에게 얼굴을 알렸다. 고구려를 비롯한 잘 알려지지 않은 우리나라 역사에 관한 프로였고 시청률도 꽤 나왔었다.

그 이후 지역사회 모임과 일반인을 대상으로 하는 역사강좌를 열심히 해오고 있었다.

"장인모 교수님은 지역사회에서 명망이 높은 분입니다. 문제는 젊은 층에선 인기가 많으신데 장년층의 지지율이 떨어진다는 것입니다."

박영철의 말처럼 장인모는 뚜렷한 역사 인식에서 나오는 소신 발언과 현 정부에 대한 쓴소리로 젊은 층의 지지를 받고 있었다. 문제는 그러한 점에 반대되는 입장에 있는 장년층이 문제였다.

선거에서 이기기 위한 인지도 면에서는 아직은 부족한 점이 많았다.

내년 2월 정도에 치러질 대전 서구지역 보궐선거에 있어서 장인모 교수는 다른 후보와 비교해서 2~3위 정도의 지지율을 나타내고 있었다.

앞으로 남은 기간 동안 최대한 유권자들에게 강력한 인 상을 심어주어야만 했다.

"하하! 제가 쓴소리를 가리지 않고 많이 해서 그렇습니다. 이 나라에는 나이만 먹었다고 해서 그게 권리고 특권인 줄 알고 행동하는 철없는 양반들이 많습니다. 나이를 떠나서 끝없이 배우고 무지에서 벗어나야 이 나라와 사회를 올바른 방향으로 변화시킬 수 있는데 말입니다. 그런데 그걸 방해하고 왜곡된 정보와 지식을 전달하는 세력이 이 땅에 힘을 발휘하고 있는 게 문제입니다."

"그래서 더욱 삐뚤어지고 잘못 끼워진 이 나라의 역사와 인식은 물론이고, 올바르게 흘러가지 않은 시대의 흐름을 바꿔야 합니다. 역사를 잊은 민족에게 미래는 없다고 했습니다. 지금이야말로 바른 생각과 바른 행동이 필요한 시기입니다."

박영철이 자신이 생각하는 것에 대해 털어놓았다. 이전에는 그가 이러한 생각들을 가졌는지를 전혀 알지 못했다.

"맞는 말씀입니다. 우린 지금 중요한 시기에 놓여 있습니다. 어떻게든 우리가 작은 불씨라도 피워서 이 불의한 역사의 흐름을 조금이나마 바꿔야 합니다."

장인모 교수가 종업원이 가져온 고량주를 입으로 가져가며 말했다.

난 두 사람의 이야기를 경청할 뿐 말을 아꼈다.

"한데 강태수 대표님께서는 별로 말이 없으신 것 같습니다."

장인모 교수가 고량주를 들어 나에게 따라주며 말했다.

"별로 아는 것이 많이 없어서 그렇습니다."

"이렇게 말씀하셔도 강 대표님은 말로만 끝내시는 분이 아니라 직접 행동하시는 분이십니다. 구로에 출마하는 신현석 씨에게 벌써 5천만 원을 후원하셨습니다."

신현석은 나에게서 받은 자금으로 지역사회의 여러 행사에 참여하며 얼굴을 알리고 있었다.

바쁜 행보 덕분인지 지지율도 큰 폭은 아니지만 상승하고 있었다.

"하하하! 우리에게 필요한 돈줄이시네요. 자, 한 잔 더 받으십시오. 저 또한 최선을 다해 경주해 보겠습니다."

장인모 교수는 호쾌하고 웃으며 나에게 술을 따라주었다.

"고맙습니다. 제가 할 수 있는 일에서는 저 또한 최선을 다하겠습니다."

나중에 안 일이지만 장인모 교수는 자신의 후배와 가르치는 학생에게 모든 걸 내어주는 인물이었다.

물질적인 어려움에 처한 제자나 후배에게 학교에서 받은 월급을 봉투째 내준 적이 한두 번이 아니라고 했다.

그야말로 자신이 옳다고 생각하는 것을 실천하는 인물이었다.

대한민국은 이러한 인물이 많아야만 바뀔 수 있었다. 그래야만 이 나라에 상식이 통하고 건강한 생각들이 자리를 잡아갈 수 있다.

나는 가지고 간 3천만 원을 장인모 교수에게 전달하고는 서울로 돌아왔다. 앞으로 보궐선거 때까지 상당한 돈을 지원할 것이다.

나머지 부분은 박영철 차장과 장인모 교수의 몫이었다.

다음 날 나는 모스크바로 향하는 비행기 안에 있었다. 그리고 내 옆자리에는 미래에 장인이 될 송 관장이 함께하고 있었다.

**Chapter 3**

　모스크바 공항에 내려서자 송 관장은 주변을 두리번거리며 살폈다.

　"공항이 상당히 크네."

　"이 나라는 뭐든지 큰 걸 좋아하는 경향이 있습니다. 지금은 조금씩 달라지고 있지만요."

　내 말에 송 관장이 고개를 끄떡였다.

　"하긴 공산 국가들에서 그런 점이 두드러진다는 걸 어디서 들은 것 같다. 정말 내가 다른 나라도 아니고 소련을… 아니지, 러시아를 다 와보고 말이야."

"한국과 거리가 있긴 하지만 이젠 자주 오게 될 것입니다."

송 관장에게 경비회사와 관련된 이야기를 꺼냈다.

러시아에 있는 코사크를 바탕으로 해서 한국에도 보안경비업체를 만들 계획을 설명했다.

예상과 달리 송 관장은 선뜻 참여 의사를 결정하지 못했다. 그는 얽매이는 것을 싫어하는 성격을 가지고 있어 조직생활을 꺼렸다.

하지만 흑천의 인물에 의해서 나와 가인이가 위험에 처했던 이야기를 듣고 나자 생각을 바꿨다.

"정말이지 이곳에 오고서야 네 말이 실감이 나는구나. 내가 잘할지 모르겠다."

"관장님은 잘하실 것입니다."

우리는 입국 게이트 쪽으로 걸어가자 공항직원으로 보이는 인물이 내게 다가와 말을 건넸다.

"강태수 대표님이십니까?"

"그렇습니다."

"이쪽 게이트를 이용하십시오."

공항직원이 안내한 곳은 정부관료들과 러시아의 주요인물들, 그리고 러시아의 초청을 받고 방문하는 외국 관료들이 이용할 수 있는 VIP 전용 게이트였다.

사람들로 길게 줄이 만들어져 있는 다른 입국 게이트하고는 전혀 달랐다.

입국심사도 간단했다. 여권만 확인하고는 가져간 짐도 검사대를 거치지 않고 들고 나갈 수 있었다.

나와 함께한 송 관장과 김만철, 그리고 티토브 정만이 이 게이트를 통과했다.

"야아! 정말 태수가 러시아에서는 대단하긴 대단한가 보구나."

"저도 오늘 처음 겪는 일입니다. 누군지는 모르겠지만, 관계자가 공항에 연락을 취한 것 같습니다."

평소에도 다른 사람보다 간편하게 입출국을 했지만, VIP 전용 게이트를 이용한 것은 처음이었다.

"이곳에서 강 대표님의 위치는 한국과는 다릅니다, 형님."

김만철이 송 관장에게 말했다. 러시아로 출발하기 전에 송 관장에게 김만철과 티토브 정을 소개했다.

세 사람은 서로에게서 풍겨 나오는 강한 기운을 감지했는지 간단하게 대련을 펼치기도 했다.

그리고 곧바로 서로를 인정하고 술자리를 마련했다.

유비가 관우와 장비를 만나 도원결의를 한 것처럼 세 사람도 의기투합이 되어 호칭을 정리했다.

세 사람 중에서는 송 관장이 가장 나이가 많아 큰형이 되었다.

"공항에서부터 이 정도면 대단한 거지."

송 관장도 화물선을 타고 여러 나라를 다녀봤기 때문에 다른 나라를 입국하는 게 쉽지 않다는 걸 알고 있었다.

그리고 공항이나 항구에서 출입국을 담당하는 사람들이 얼마나 까다롭고 위세가 당당한지도 말이다.

입국 게이트를 나서자 입국장에는 정장을 입은 건장한 체격의 인물 다섯이 우리를 맞이했다.

그들은 나를 보자마자 고개를 숙여 인사를 건넸고 나를 비롯한 세 사람의 짐을 받아 들었다.

"이 사람들은 다 누구야?"

눈이 동그랗게 커진 송 관장이 날 보며 물었다.

"코사크의 직원들이자 제 경호원들입니다."

"어! 경호원들?"

"예, 러시아는 좀 위험한 면이 있어서요. 특히나 저같이 사업을 하는 사람에게는 말이죠."

"그렇게나 위험한 거야?"

"치안이 한국 같지는 않습니다. 마피아들도 구소련이 붕괴하면서 더 늘어났고요."

"이거, 살벌한 동네에 온 것 아닌지 몰라."

송 관장이 엄살을 떨자 김만철이 웃으면서 말했다.

"하하! 너무 걱정하지 마십시오. 형님 실력이면 여기 애들이 벌벌 떨 테니까요."

김만철의 말처럼 난 송 관장의 실력이 내가 생각했던 것보다 더 대단하다는 것을 눈으로 보았다.

송 관장은 김만철과의 대련에서 김만철의 공격을 너무 쉽게 무력화시켰고 그를 몰아붙였다.

김만철이 격투술에 있어서 수세적인 상황에 놓이는 것은 정말 드문 일이었다. 송 관장의 공격은 빠르기도 빨랐지만 직선적인 공격뿐만 아니라 기이한 동작에서 나오는 곡선적인 공격이 김만철을 당황스럽게 만들었다.

전혀 공격이 이루어질 수 없는 자세에서도 공격이 이루어졌다.

김만철이 경험해 보지 못한 공격 방식이었고 이러한 모습을 보는 티토브 정도 꽤 놀라는 눈치였다.

"마피아는 총을 쏘잖아."

"형님도 참, 총을 쏘기도 전에 마피아 애들이 바닥에 누워 있게 만드실 거잖아요."

이런저런 이야기를 하면서 공항을 나서자 방탄 처리를 한 벤츠와 호위 차량인 BMW가 2대가 대기하고 있었고, 그 옆으로는 4명의 경호원이 기다렸다.

"이거 뭐 대통령 수준이잖아?"

송 관장은 이런 광경에 무척이나 놀라는 모습이었다.


송 관장과 김만철이 나와 함께 벤츠에 올라탔다.

탑승한 벤츠 차량의 위쪽으로 자동소총들이 걸려 있는 것을 본 송 관장은 고개를 절레절레 흔들며 말했다.

"전쟁이라도 할 기세네."

"제가 이전에 공항에서 시내로 이동 중에 체첸 마피아에 습격을 당한 적이 있어서 그렇습니다. 러시아에서는 회사를 경영하는 인물들이 마피아의 주 타깃입니다."

러시아가 혼란기에 들어서자 마피아는 더욱 기승을 부리고 있었다.

러시아 마피아는 기업인들을 납치하여 몸값을 챙기거나 자신의 구역 내에 있는 기업들에게 상납금을 요구하는 것을 당연하게 여겼다.

물론 도시락을 비롯한 내가 운영하는 러시아의 사업체들은 그와는 별개였다.

"앞뒤의 차량도 마찬가지겠군."

"예, 트렁크에는 RPG-26도 실려 있습니다."

조수석 옆에 탄 김만철이 웃으면서 말했다.

RPG-26은 러시아에서 만들어진 성형작약탄두를 가진

일회용 대전차로켓이다.

3대의 차량은 빠르게 달리며 목적지인 스베르 건물로 향했다.


스베르 건물의 정문 앞에는 차량 통행을 막아서는 바리케이드가 내려진 주변으로 자동화기로 무장한 코사크 대원 다섯 명이 경비를 서고 있었다.

차량에 탄 사람을 확인한 후에야 바리케이드가 올라갔다.

건물 입구에도 세 명의 무장대원이 우리를 맞이했다.

대원 중 하나가 재빨리 내가 탄 벤츠 차량의 문을 열며 절도 있게 인사를 건넸다.

"오셨습니까?"

"수고가 많습니다."

이런 모습 하나하나에 송 관장은 놀랄 뿐이었다.

스베르 건물은 완벽하게 증·개축이 마무리된 상태였고 내부의 인테리어도 끝마쳤다.

1년여에 걸친 공사였다.

내가 머물던 7층 방에서 13층으로 옮겼다.

스베르 건물 주변으로는 시야를 가리는 큰 건물들이 없어 13층에서는 모스크바 시의 전경이 한눈에 들어왔다.

앞으로도 스베르의 건물을 가릴 건물은 들어서지 않을 것이다. 건물 주변에 있는 부지와 작은 건물들을 하나둘 사들이고 있었다.

나는 이곳에 러시아에서 운영하는 회사들의 본사가 입주하는 타운을 형성할 계획이다.

"이야! 정말 멋진데."

탁 트인 건물의 조망이 눈을 시원하게 만들었다. 그 모습에 송 관장이 감탄했다.

"저기 북쪽으로 보이는 건물이 크렘린 궁입니다."

"허! 정말 건물이 기가 막힌 곳에 있네. 도시 전체가 한눈에 들어오는 것 같아."

파노라마처럼 펼쳐지는 모스크바의 전통적인 도심의 풍경이 한 폭의 그림 같았다.

"모스크바에 오시면 이곳에 머무시면 됩니다. 지하층에는 체력단련실과 식당이 있습니다. 필요한 게 있으시면 전화기의 1번 버튼을 누르시고 말씀하시면 됩니다."

"내 눈으로 보고 있어도 믿지 못하겠다. 네가 정말 대단한 일을 해냈구나."

송 관장은 한국에서와 다른 눈으로 나를 바라보았다.

\*　　　\*　　　\*

느긋한 마음으로 방학을 이용해 남프랑스와 스페인을 여행할 생각이었던 이중호는 생각지도 못한 일에 어안이 벙벙한 상황이었다.

이중호는 갑작스럽게 근무하게 된 대산식품에서 주최하는 홍보행사장에 나와 있었다. 그의 품 안에는 대산식품이라고 써진 상자가 들려 있었다.

"뭐해? 빨리빨리 옮기지 않고. 이래서 낙하산은 피곤하다니까."

자신보다 두세 살 많아 보이는 사내가 이중호를 다그쳤다. 이중호가 대산그룹의 후계자라는 사실을 사내는 알지 못했다.

대산식품의 직원들이 새로운 거래처를 만들기 위해 대형 슈퍼가 위치한 건물 앞에서 행사를 준비하고 있었다.

'후! 이게 무슨 꼴인지.'

"죄송합니다."

무슨 미운털이 박혔는지 그가 배치된 부서의 선배 사원인 노지훈은 이중호를 싫어했다.

그도 그럴 것이 뜬금없이 입사철도 아닌 때에 자신의 부서에 배치된 이중호를 잘 가르치라는 말을 부서장인 부장에게서 직접 전달받았다.

자신이 입사했을 때에는 이런 배려가 전혀 없었다. 그래서 이중호를 위에서 내려보낸 낙하산으로 본 것이다.

식품 상자를 내려놓은 이중호는 다시금 짐을 내리기 위해 탑차로 향했다.

'아버지는 무슨 생각으로 이런 곳에서 일을 하라는 것일까? 전혀 배울 것이 없는 곳인데… 저 자식의 면상도 꼴 보기 싫고.'

자신을 노려보듯이 쳐다보는 노지훈은 나무그늘 아래에서 느긋하게 담배를 물고 있었다.

그의 옆에는 홍보행사를 위해 고용한 아르바이트생이 함께하고 있었다.

지금 짐을 나르고 있는 사람은 이중호 하나뿐이었다.

그때 노지훈과 아르바이트생의 웃음소리가 들려왔다.

"지금 실컷 웃고 있어라. 얼마 안 있어 네 눈에서 피눈물을 흘리게 해줄 테니까."

이중호는 두 사람이 있는 곳을 바라보며 비릿한 조소를 보냈다.

분수도 모르는 놈이 자신을 깔보는 것이 처음에는 도저히 참을 수가 없었다.

그래서 바로 자신의 후견인을 자처하고 있는 필립스코리아의 박명준에게 전화를 걸었다.

그때 박명준이 자신에게 했던 말만 아니었었다면 들고 있던 대산식품 상자를 집어 던졌을 것이다.

'회장님이 너와 강태수를 비교하기 위해서 벌인 일이다.'

강태수!

순간 강태수가 누구인지 궁금했다.

자신이 알고 있는 이름과 동일한 이름이 박명준 입에서 흘러나왔기 때문이다.

박명준의 설명을 듣고서야 강태수의 이름에 대한 궁금증과 의문이 풀렸다. 놀랍게도 자신이 알고 있는 학과 후배인 강태수가 맞았다.

사업을 시작한 지 2년 만에 시장에서 센세이션을 일으키고 있는 닉스와 블루오션의 회사 대표였다.

또한 러시아에서 큰 인기를 끌고 있는 도시락 라면을 운영하는 인물이기도 했다.

강태수로 인해서 지금 근무하게 된 대산식품으로 상당수 떨어질 것이라고 여겼던 러시아 소비재차관 중 식품사업분야가 대부분 도시락으로 넘어갔다는 것도 알게 되었다.

두 귀로 들려오는 강태수에 관한 일화는 영화나 소설에서나 나오는 이야기였다.

그만큼 충격이 컸다.

그 이후 이중호는 대산식품에서 일을 시작한 것이다.

하지만 일을 하면 할수록 끓어오르는 분노와 자신을 깔보는 인물들에 대한 적개심이 참을 수 없게 올라올 뿐이었다.

"후후! 아버지께서 하찮은 부속품들이 하는 일을 알게 하시려고 하는 건가? 그래 이것도 경영 수업이라면 해주지… 그래야 이래저래 지껄이는 말들이 그룹 내에서 안 나올 테니까."

지금 하는 일은 태생적으로 하류 인생들이 하는 일이라는 생각이 머릿속을 떠나지 않았다.

대산그룹을 손에 넣는 날, 하찮고 능력 없는 인간들을 모두 내쫓아 다시는 자신의 그룹에 발도 붙이지 못하게 하리라 다짐했다.

처음 강태수를 보았을 때의 느낌은 한때 관심을 가질 수 있는 별난 놈이었다.

하지만 지금은 아버지도 관심에 두고 있는 인물이 되었다.

'그놈은 개천에서 가끔 나오는 별종일 뿐이야. 개천에서 태어난 놈은 넘볼 수 없는 바다를 만나는 순간 다시 개천으로 돌아갈 수밖에 없어. 후후! 그게 천성이자 하늘이 정해준 법칙이니까.'

강태수는 단지 시대의 흐름을 잘 읽고 시류에 편승한 별종 같은 존재다. 그런 별종은 가끔 한두 명이 나타났다가 꺼져가는 촛불처럼 쉬이 사라진다.

태생적으로 별종은 단지 별종으로 끝날 뿐이지 자신과 같은 존재가 서게 되는 본류(本流)에는 들 수 없다.

아니, 모든 걸 갖추고 있는 자신과 비교되는 것조차 우스울 뿐이다.

이를 앙다물고 걸어가는 이중호의 눈빛은 매서웠다.

이중호는 대산그룹의 이대수 회장이 의도했던 것과 전혀 다른 마음과 생각을 품고 있었다.

*　　　　*　　　　*

모스크바에 도착한 지 몇 시간밖에 지나지 않았음에도 어떻게 알았는지 사방에서 축하 전화를 받을 수 있었다.

내일은 모스크바시에서 모스크바 명예시민증을 받는 날이었다.

모스크바시에서 명예시민증을 부여한 최초의 인물이었는데, 이는 러시아와 한국과의 우호증진에 이바지한 공로를 증명하는 명예로운 일이기도 했다.

모스크바 명예시민이 된다면 모스크바 시민에게 부여되

는 각종 행정상 혜택을 받을 수 있었다.

그 혜택으로 앞으로 난 러시아를 방문할 때에 비자를 발급받지 않아도 되었다.

모스크바 명예시민증이 비자를 대신하는 것이다.

다른 나라나 시에서 부여하는 명예시민증은 특별한 혜택보다는 명예를 위한 것이었지만 러시아는 달랐다.

아니, 나를 대하는 것이 특별하다는 것이 맞을 것이다.

보리스 옐친 대통령은 내일 행사장에 참석하지 않지만, 서울에서 좋은 인연을 맺은 코질레프 러시아 외무장관과 세르게이 비서실장, 그리고 체르노미르딘 연방총리까지 참석할 예정이다.

모스크바 시의 행사에 러시아 행정부의 핵심인물이 참석하는 것은 꽤 이례적인 일이었다.

그래서인지 한국 대사를 비롯하여 미국의 주러시아 부대사인 토마스 스턴이 이례적으로 참석 명단에 있었다.

미국의 주러시아 부대사인 토마스 스턴은 요즘 냉랭한 기운이 감도는 러시아와 미국의 관계 개선을 위해서 코질레프와 세르게이를 만나고 싶어 했다.

그 두 사람은 의도적으로 미국 측 인사를 피하고 있었다.

"시추 결과는 다음 주 정도면 알 수 있지만, 토양 성분이나 지질 형성을 살펴봤을 때 원유가 나올 가능성은 50% 이

상입니다."

룩오일의 니콜라이 이사가 사포스티야노프 지역의 시추
작업에 대해 설명했다.

룩오일의 기술진들이 대거 투입된 작업이기에 알렉세이
기술이사가 현장에 직접 내려가 있었다.

"50%라면 원유가 발견될 가능성이 상당한 수치가 아닙
니까?"

"예, 매장량이 문제지 원유는 있을 것입니다."

니콜라이는 내 질문에 자신 있게 대답했다.

"경제성이 어느 정도는 있어야 하는데 말입니다."

"대규모 가스전이 발견된 코븨트킨스크의 지역과 유사한
환경조건을 갖추고 있는 곳이라 경제성도 분명 뒤따를 것
입니다."

"좋습니다. 기대해 보겠습니다."

"예, 좋은 소식을 가지고 오겠습니다."

니콜라이는 고개를 깊숙이 숙이고는 대표실을 나갔다.

룩오일은 빠르게 안정을 찾아가고 있었다. 직원들에 대
한 대규모 감원이 있었지만, 경쟁회사들과 달리 파업을 겪
지 않았던 덕분이다.

룩오일의 보고에 이어서 코사크의 보고가 이어졌다.

현재 대통령 경호실 출신인 벨라프 이반과 함께 코사크

를 이끄는 인물은 트레포프였다.

그는 구소련 특수부대 중의 하나인 알파 부대를 이끌던 중령 출신으로, 알파 부대가 쿠데타에 참여했다는 이유로 강제 전역당한 인물이었다.

하지만 그가 속한 부대는 오히려 중립을 지키며 시민을 보호했었다.

부하들에게도 존경받고 덕망 있는 인물로서, 맡은 바 임무를 최선을 다해 완수하는 군인이자 모스크바 대학원까지 진학했던 학구파였다.

"현재 코사크와 계약을 맺은 회사는 현재까지 23개입니다. 이번 달에도 3개의 회사가 경비업무를 요청해 왔지만, 인력이 부족한 관계로 계약을 미루고 있습니다. 경호업무 계약은 9건을 진행 중입니다."

코사크는 현재 모스크바에서 가장 앞서가는 보안경비업체였다. 규모 면에서는 러시아에서 세 번째 수준이었지만 이익은 최고였다.

모스크바에 진출한 많은 기업이 코사크에게 경비받길 원하고 있었고, 홍수용 주러시아 대사 가족들도 코사크의 대원들이 경호를 맡고 있었다.

"그럼 인원 보강은 진행하고 있습니까?"

"예, 현재 열 명의 대원이 코사크에서 시행하는 기본 훈련을 받고 있습니다. 기본 조건을 충족한 스무 명에 대한 면접이 내일과 모레 있을 예정입니다."

"실력도 중요합니다만 가장 중요한 것은 인성과 팀워크입니다. 그걸 반드시 명심하셔야 합니다."

나는 이제 코사크의 면접을 보지 않았다. 면접은 이반과 트레포프 비롯한 김만철과 티토브 정이 보았다.

이번에는 특별히 송 관장을 참여시킬 예정이다.

"예, 최우선으로 보고 있습니다."

"요즘 들어서 마피아들이 더 기승을 부리는 것 같습니다. 경비를 맡은 기업과 문제되는 마피아는 없었습니까?"

군부대에서 나오는 전역자들이 매일매일 늘어나고 있었지만, 그들이 할 수 있는 일은 한정되었고 전역자를 원하는 기업도 적었다.

요즘은 회사에 잘 다니고 있는 러시아인들도 하룻밤 사이에 직장을 잃어버리는 실정이었다.

그러는 상황에서 군 전역자들이 선택할 수 있는 곳이 한정되다 보니 마피아로 빠지는 경우가 많았다.

마피아들도 전투 경험이 풍부한 아프간 전쟁의 전역자들을 대거 끌어들이고 있었다. 거기에 KGB 해체로 인해서 나온 인력들도 포함해 세력을 빠르게 넓혀갔다.

마피아들도 경비업체들을 설립해서 운영하고 있었다.

"큰 다툼은 없었습니다만 경고성 전화와 문서를 몇몇 회사에 보낸 마피아들이 있었습니다."

"그들도 조직을 이끌어가려면 돈이 필요합니다. 우리가 자신들의 돈줄을 막는 곳이라 인식하면 돌발적인 행동을 할 수 있습니다. 그 점을 꼭 염두에 두어야 합니다."

"예, 명심하겠습니다."

"타격대는 어떻게 되어가고 있습니까?"

"현재 25명을 선발하여 완공된 훈련장에서 훈련에 임하고 있습니다."

마피아와의 전투에 대비한 타격대였다. 이전에 체젠 마피아와의 전투는 급조된 인원으로 벌인 일이었다.

일이 발생할 때마다 이런 방식으로 대응하기는 힘들었다.

코사크 타격대는 한국의 경찰특공대나 미국의 신속진압팀(SWAT)처럼 문제 발생 시 제일 먼저 출동하여 전문적으로 전투에 임할 팀이었다.

이를 위하여 모스크바 외곽에 전문적인 훈련장을 마련했다. 테러에 대한 대응과 요인 납치에 따른 구출작전은 물론 본거지를 기습할 때 필요한 훈련을 할 수 있는 장소였다.

러시아를 비롯한 세계 각국의 군사훈련장을 바탕으로 해서 좋은 장점들만 모아서 설계하고 만들어졌다.

적지 않은 돈이 들어간 훈련장은 코사크를 위한 투자였다.

러시아의 사설 경비업체 중에서 이러한 전문적인 훈련장을 갖춘 곳은 없었다.

"타격대가 자주 출동하는 일이 없었으면 좋겠습니다. 정보대응팀은 언제쯤 가동할 수 있겠습니까?"

코사크가 매번 일을 해결하기 위해서 전투를 벌일 수는 없었다. 전투로 인해서 자칫 사망자가 나오고 부상자가 발생하면 회사로서는 큰 손해가 아닐 수 없었다.

할 수만 있다면 무력 사용은 줄여야 했고 그러기 위해서는 문제를 해결할 수 있는 능력이 필요했다. 그런 능력을 갖추기 위해 필요한 것이 정보였다.

"KGB(국가보안위원회)와 대통령경호실 산하 정보분석팀 출신들을 주축으로 팀을 꾸리고 있습니다. 현재 확보한 인원은 11명입니다. 모두가 정보수집과 정보분석을 전문적으로 해오던 요원들입니다. 이번 달 말이면 본격적으로 가동할 수 있습니다. 러시아안전부(MBR)와 모스크바 경찰청과도 협조관계를 구축해 놓았습니다."

러시아안전부(MBR)는 KGB의 후신이었고 1993년 다시 연방방첩국(FSK)으로 격하된다.

그 과정에서 경험 많고 뛰어난 요원들 상당수가 자의 반 타의 반으로 조직에서 이탈했다.

"잘하셨습니다. 그리고 제가 부탁한 일은 어떻게 되었습니까?"

"능숙한 전문가로 감시를 붙여놨습니다."

"알겠습니다. 특별한 상황을 발견하면 즉시 보고해 주십시오."

"예. 그럼 나가보겠습니다."

대표실에서 나가는 트레포프에게 부탁한 일은 블라디미르 푸틴을 감시해 달라는 것이었다.

그는 현재 상트페테르부르크 대표자회의 의장 보좌관을 맡고 있었다. 러시아 권력의 핵심으로 등장하기 전이었다.

1996년 보리스 옐친 대통령이 재선된 뒤 푸틴은 대통령 총무실 부실장에 임명되어 크렘린으로 입성한다.

난 푸틴이 누구와 연계되어 있는지 궁금했다. 미국에서 만난 미지의 인물인 제임스는 푸틴을 보리스 옐친 대통령에게 소개하라는 말을 했다.

하지만 아직 두 사람이 자연스럽게 만나는 여건을 만들어주지 않았고 무언가 달라졌는지 제임스는 나에게 연락을 취하지 않았다.

'푸틴이 권력을 잡으며 모든 게 달라지겠지… 아직은 7년 정도 시간이 남은 건가.'

1999년 12월 31일 옐친 대통령이 임기를 남겨둔 채 전격 사임함에 따라 푸틴은 47세의 젊은 나이에 대통령 권한대

행이 되었고, 2000년 3월 26일 시행된 대통령 선거에서 투표자 과반수의 지지를 얻어 대통령에 당선되었다.

도시락은 물론이고 경비업체인 코사크와 룩오일 그리고 세레브로 제련을 푸틴이 권력을 잡기 전까지 러시아에서 확고부동한 기업으로 만들어 놓아야만 했다.

예측불허의 푸틴도 어쩔 수 없는 기업으로 말이다.

멀리 보이는 크렘린궁 뒤쪽으로 하늘이 붉게 물들어가고 있었다.

마치 앞으로 진행될 러시아의 미래처럼.

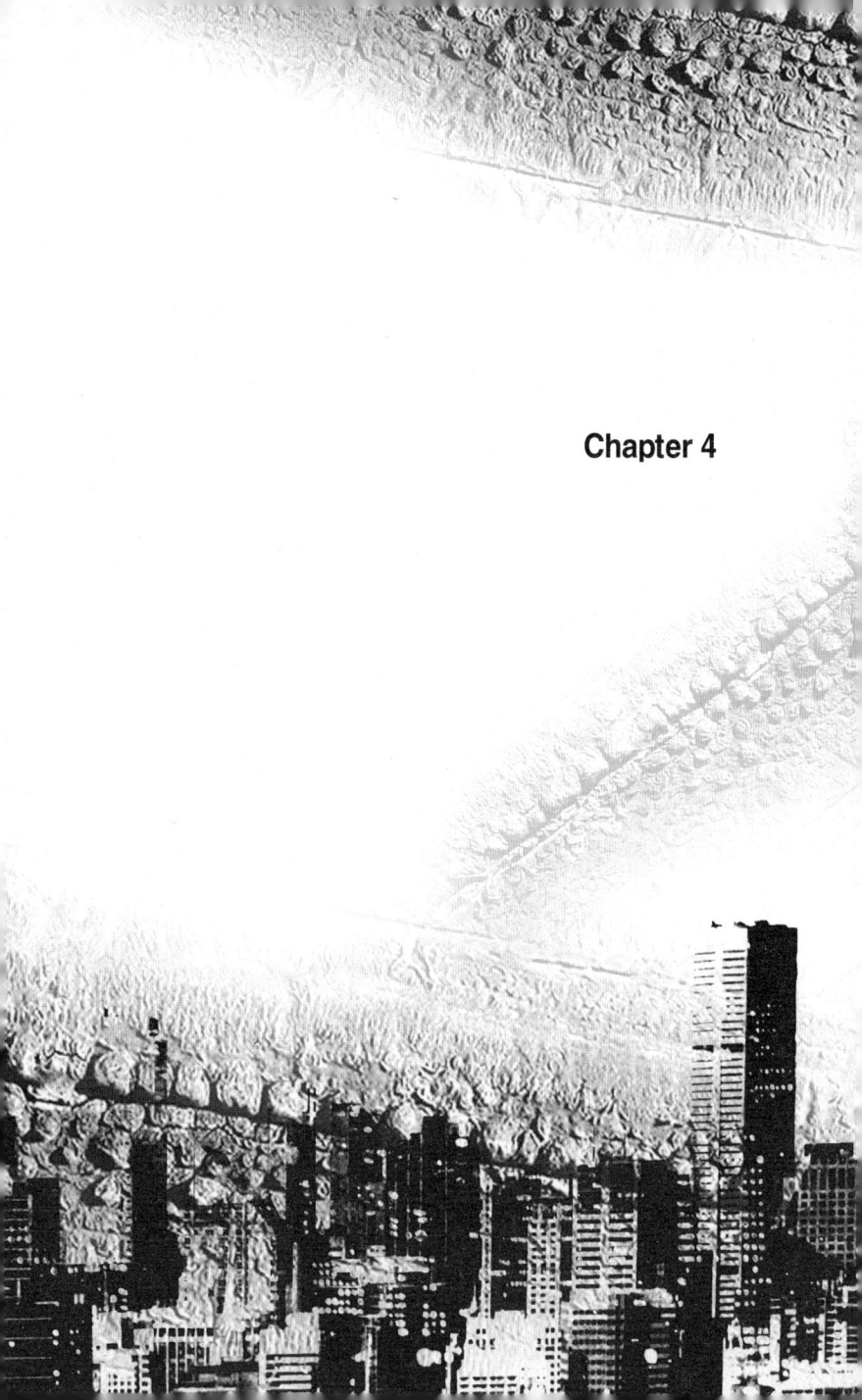

# Chapter 4

다음 날 나는 모스크바 시청회관에서 모스크바 명예시민증 수여식에 참석했다.

모스크바시 시장인 포포프는 시청회관에 참석한 인물들의 면면을 보고 긴장하는 눈치였다.

행사장에 세르게이 대통령 비서실장과 체르노미르딘 연방총리는 물론, 코질레프 러시아 외무장관을 비롯한 러시아 국회의원들도 상당수 참석하고 있었다.

눈길을 끄는 건 주러 미국대사관의 부대사인 토마스 스턴과 주러 중국대사관의 대사인 장팅엔 대사가 참석한 것이다.

두 사람의 참석 목적은 다른 쪽에 있었지만 나를 알고 싶어 하는 눈치였다.

이 자리에서 참석한 주러 한국대사인 홍수용 대사도 참석한 인물들을 보며 무척 놀라는 모습이었다.

이러한 광경은 내가 러시아 정계와의 친분이 얼마나 두터운지를 고스란히 드러내는 것이었다.

"여기 계신 강태수 도시락 대표께서는 러시아에 대한 사랑과 애정을 변함없이 보여주고⋯⋯."

모스크바 시장인 포포프가 나에 대한 이야기를 펼쳐 놓으며 나에 대한 모스크바 명예시민증 전달식을 시작했다.

내가 듣고 있어도 조금은 민망한 칭찬들이 포포프의 입에서 계속해서 흘러나왔다.

"그리고 오늘 명예시민증을 받게 되는 강태수 대표께서 모스크바시에서 운영하는 고아원들을 위해서 백만 달러를 기부해 주셨습니다."

마지막 포포프의 말에 시청회관에 참석한 인물들이 놀라는 표정으로 박수를 쳤다.

러시아에서 기업가들의 기부는 흔치 않은 일이었고 더구나 백만 달러는 놀라운 금액이었다.

현금 오십만 달러와 의약품, 그리고 도시락 라면으로 나머지 오십만 달러를 지원하는 형태였다.

러시아가 겪고 있는 경제적인 고충 때문에 고아원들의 지원도 어려운 형편이었다.

이러한 때에 나의 기부는 마른 땅에 단비와도 같은 것이었다.

연설을 끝낸 포포프는 명예시민증과 함께 메달을 내 목에 걸어주었다.

그리고 내가 마이크 앞에 서서 참석한 인물들에게 감사 인사를 전했다.

"지루해하시는 것 같아 길게 말하지 않겠습니다. 제게 소중한 선물을 주신 러시아는 저에게 제2의 고향과도 같은 곳입니다. 제2의 고향인 러시아를 위해서 앞으로도 최선을 다하겠습니다."

내 말이 끝나자마자 참석한 모든 사람이 일어나 힘껏 박수를 치며 환호해 주었다.

명예시민증 전달식이 끝나고 회관 옆에는 호텔에서 공수해온 고급 요리들과 샴페인이 담긴 잔들이 테이블 위로 펼쳐졌다.

참석자들은 하나둘 샴페인 잔을 들고 나를 중심으로 모여들었다.

"매번 러시아를 위해서 힘써주시는 모습에 감동을 받았

습니다. 고아원들을 위한 이번 기부에 정말 감사드립니다."

체르노미르딘 연방총리가 진심 어린 말로 날 칭찬했다. 그도 그럴 것이 모스크바시는 물론 러시아연방 정부도 지원하지 못하는 일을 내가 한 것이다.

"하하! 러시아 시민이 되신 걸 진심으로 축하드립니다. 강태수 대표님 같은 분이 몇 분만 더 계셔도 러시아가 어려움을 겪지 않을 것 같습니다."

세르게이 비서실장은 만면에 웃음을 띠며 말했다.

그가 기뻐하는 이유는 내가 모스크바 명예시민이 된 것도 있었지만 룩오일이 코뷔트킨스크에서 발견한 대규모 가스전에 대한 이야기를 나에게서 전해 들었기 때문이다.

세르게이는 룩오일의 지분을 갖고 있었다.

나를 둘러싼 러시아 관리들은 돌아가면서 나를 향해 덕담을 주고받았다.

그때 내가 있는 쪽으로 주러 미국대사관의 부대사인 토마스 스턴이 걸어왔다.

'아니! 저 사람은?'

토마스 스턴 뒤에서 수행하듯 따라오는 인물이 있었다.

그는 미국에서 나에게 푸틴을 보리스 옐친 대통령에게 소개하라고 요구했던 제임스였다.

미국 부대사인 토마스 스턴은 온화한 미소를 지으며 걸어왔다. 흔히 볼 수 있는 옆집 아저씨와 같은 모습의 스턴은 러시아 정부관계자들에게 인사를 건넸다.

"하하! 좋은 자리에서 이렇게 만나 뵙게 되니 더 반갑습니다."

현재 미국과 러시아가 외교적으로 냉랭한 관계를 유지하고 있었지만 웃으면서 인사를 건네는 토마스 스턴의 인사를 외면할 수는 없었다.

"그동안 얼굴이 더 좋아지신 것 같습니다."

대통령 비서실장인 세르게이가 스턴의 말에 화답하며 말했다.

"예. 요새 다시 조깅을 시작했더니 살이 조금 빠져서 그렇습니다."

"모스크바의 공기가 워싱턴보다는 한결 좋으니, 운동을 계속하시면 더 좋아지실 것입니다."

코질레프 외무장관의 말에는 작은 가시가 들어 있었다. 현재 미국은 러시아가 한국과의 수교를 비롯하여 일본과 동남아시아의 외교 문제에도 적극적으로 나서자 새로운 남방정책이라는 판단하에 경계하고 있었다.

"하하하! 저도 그건 인정합니다. 모스크바에 새로운 바람이 불어서 그런지 공기가 많이 좋아진 건 사실이지요. 그 바람이 올바른 방향으로 계속해서 불었으면 좋겠습니다."

코질레프의 말에 스턴은 호쾌하게 웃으면서 받아쳤다. 두 사람 다 직접적인 말보다는 우회적인 말로써 현재 상황을 말하고 있었다.

"모스크바의 바람은 언제나 자연스럽고 올바르게 흘러갑니다. 제임스 참사관도 오래간만이오."

코질레프가 주제를 바꾸려는지 토마스 스턴의 뒤에 서 있는 제임스를 보며 말했다.

그의 공식 지위는 참사관이다. 참사관은 공사(公使)의 아래이며, 1등 서기관의 위에 있는 외교관이다.

"예, 자주 찾아 뵈야 하는데 기회가 닿지 못했습니다."

제임스는 고개를 가볍게 숙여서 코질레프에게 인사를 건넸다.

'제임스가 정보요원이 아니라 외교관의 신분이라고… 아니면 참사관은 위장 신분인가?

제임스는 자신을 바라보는 나의 눈길을 외면하고 있었다.

그때 미국의 부대사인 이 나를 향해 인사를 건네며 악수를 청해왔다.

"모스크바의 시민이 되신 걸 축하합니다. 저는 토마스 스턴이라고 합니다."

"감사합니다. 강태수라고 합니다."

"러시아를 사랑하시는 것처럼 저희 미국도 잊지 마시고
투자를 부탁드립니다."

외교관이 아니랄까 봐 재치 있는 말을 내게 던졌다.

"예, 잊지 않겠습니다."

그는 나와 마주 잡았던 손을 놓으면서 체르노미르딘을
향해 말을 던졌다.

"총리께서도 계시니 잘됐군요. 저희가 이전과 다른 제안
을 가지고 왔습니다. 시간을 내주시면 세 분께 만족스러운
이야기를 전할 수 있을 것 같습니다."

토마스 스턴의 말에 내 주변에 있던 세 사람은 서로를 바
라보며 눈빛을 교환했다.

현재 러시아는 식량 사정이 좋지 않아 미국과 캐나다에
서 대량의 밀을 공급받으려고 했다.

하지만 미국이 러시아가 펼치고 있는 신 남방정책에 반
발하면서 러시아로의 식량 수출에 제동을 걸고 있었다.

이러한 조치로 러시아는 미국이 식량을 무기화한다는 비
난을 퍼부었다.

현재 미국과 캐나다에서 들어올 밀은 국제고물시장에서
가장 저렴하게 구매할 수 있는 밀이었다.

"그럼 잠시 자리를 옮기시지요."

먼저 말을 꺼낸 것은 외무장관인 코질레프였다. 그의 말에 나머지 두 사람도 고개를 끄떡였다.

"저희가 잠시 이야기를 나누어야겠습니다. 양해를 부탁하겠습니다. 여기 있는 제임스 참사관과 잠시 담소를 나누시고 계시면 다시 돌아오겠습니다."

토마스 스턴은 정중하게 이야기를 하면서 참사관인 제임스를 소개했다.

"저는 괜찮습니다."

러시아의 정부관계자들도 나에게 양해를 구하며 자리를 떠났다.

"오래간만입니다. 러시아에서는 이제 그 누구도 강 대표님을 함부로 할 수 없을 것 같습니다."

제임스의 특유의 비릿한 웃음을 입가에 머금고 내게 말했다.

"외교관이신 줄 몰랐습니다."

"하하! 지금은 그렇게 되었습니다. 위치가 중요한 게 아니라 어떤 일을 하는가가 중요하니까요. 저희도 잠시 자리를 옮길까요?"

제임스는 주변을 의식했다. 그도 그럴 것이 행사에 참석한 사람들은 누구나 나에게 인사를 건네고 싶어 했기 때문이다.

세르게이 대통령 비서실장을 비롯한 러시아의 핵심 권력을 잡고 있는 쟁쟁한 인물들이 날 위해서 이 자리에 참석한 것이다. 그들과 서슴없이 이야기를 주고받는 나와 친분을 맺어두는 것은 여러모로 좋은 일이었다.

더구나 시끌벅적한 지금의 자리에서는 중요한 이야기를 조용하게 나눌 수 없었다.

"꼭 그럴 필요가 있습니까?"

난 러시아에서 그가 말한 대로 움직이지 않았고, 구소련의 쿠데타가 발생했을 때도 그가 말한 조직의 도움을 요청하지도 않았다.

"강 대표님께도 도움이 되는 일입니다. 퀄컴과 강 대표님이 운영하시는 블루오션과의 계약이 정부에서 쉽게 허가된 이유도 궁금하지 않으십니까?"

미국은 자국의 첨단군사기술과 관계된 부분에서는 무척이나 까다로운 조건을 달고 있었다.

특히나 자국 기업이 아닌 외국 기업과의 기술 협정이나 투자에 대해서는 기술 유출을 우려하여 더 까다롭게 굴었다.

'다 알고 있군. 퀄컴과의 계약에 관여했다는 말인데……'

"실용화도 안 된 기술을 꽤 높게 평가하시나 봅니다."

"기술적인 부분에 대해서는 저는 잘 모릅니다. 저는 단지 국익과 관계되는 점과 제가 속한 조직의 이익에 반하는 것인가를 판단할 뿐입니다. 자, 저리로 가시지요. 우리의 대화를 방해하는 인물들이 오기 전에요."

몇몇 사람이 눈치를 보며 나에게 다가오려는 모습이 눈에 띄었다.

제임스가 가리킨 곳은 호텔 직원들이 음식을 가지고 나오는 곳이었다.

"시간을 많이 낼 수는 없습니다."

"물론입니다."

제임스가 앞장서자 나는 그를 따라나섰다. 내가 움직이자 티토브 정이 자연스럽게 따라붙었다.


제임스가 안내한 곳은 호텔 음식을 배달해 온 탑차였다. 탑차는 사람들의 눈에 띄지 않은 한적한 공간에 세워져 있었다.

탑차의 운전석에는 운전사가 앉아 있었다.

쿵! 쿵!

제임스가 차 문을 두 번 두드리자 닫혀 있던 탑차의 문이 열렸다.

빈 탑차에 올라서자마자 탑차의 문이 자동으로 닫히면서 불이 들어왔다. 그리고 뒤쪽에 별도의 칸막이가 되어 있는 문이 열리며 앉을 공간이 나타났다.

그 주변으로는 알 수 없는 통신 장비들이 빼곡히 들어차 있었다.

"도청을 방지하는 장비들입니다."

"제 눈에는 녹음 장비도 보이는 것 같습니다."

"하하하! 걱정하지 마십시오. 저도 제 목소리가 녹음되는 것은 싫습니다."

크게 웃으면서 말하는 제임스가 호주머니에서 무선호출기와 비슷한 크기의 리모컨을 꺼냈다.

리모컨에는 4개의 버튼이 있었고 그중 빨간색 버튼을 누르자 벽 쪽에 있는 한 장치가 동작을 멈췄다.

"이제 녹음은 되지 않습니다. 우리가 나눈 이야기는 서로만 알 수 있습니다."

"제게 도움을 줄 이야기가 무엇입니까?"

"저희는 러시아에서 더 확실한 위치에 오르시도록 강태수 대표님께 투자할 생각입니다."

"제게 투자를 한다고요?"

"그렇습니다. 강 대표님이 러시아에서 룩오일을 운영하시는 걸 알고 있습니다. 저희가 투자하는 10억 달러로 로스네프티도 인수하십시오."

제임스 입에서는 놀라운 말이 흘러나왔다.

'무슨 뜻이지? 로스네프티를 인수하라니……?'

전혀 생각지도 못한 제임스의 말에 머릿속이 혼란스러웠다.

"그게 무슨 말인지 모르겠습니다. 이미 로스네프티는 유럽 투자회사인 더벨에서 인수하지 않았습니까?"

"저희가 더벨과 이야기를 모두 끝낸 상황입니다. 강 대표님께서 아시다시피 로스네프티의 상황이 그리 좋지 않습니다. 투자를 진행했던 더벨도 더 이상의 손해는 감수할 수 없다는 입장입니다."

제임스의 말처럼 유럽의 투자회사인 더벨은 로스네프티의 파업으로 상당한 손해를 입었다.

러시아인의 특성을 잘 이해하지 못한 채 로스네프티가 가지고 있는 흑해 유전에 욕심을 내어 투자를 단행한 결과였다.

로스네프티는 현재 흑해에 위치한 말로발릭스코에 사업장을 비롯한 전 사업장에서 대규모 파업이 진행되고 있었다.

"갑작스럽게 저에게 이런 제의를 하시는 이유가 무엇입니까?"

"강태수 대표님을 저희 조직의 일원으로 받아들이자는 의견이 고위층에서 나왔습니다. 지금까지 강 대표님이 보여주신 모습들이 꽤 고무적으로 보인 것 같습니다. 물론 지금의 위치로는 저희 조직에 들어오기에는 조금 부족한 면이 있습니다. 그래서 로스네프티를 인수하여 더 큰 회사를 만드십시오. 로스네프티의 인수가 성공한다면 룩오일과의 합병도 가능할 것입니다."

제임스의 말은 한마디로 로스네프티를 인수·합병해서 러시아 제일의 석유회사를 만들라는 이야기였다.

'제임스가 말하는 조직이 메이저 석유 기업들과 연관이 있는 건가?'

국가 정부 조직을 배제하고서 세계를 움직이고 경영하고 있는 조직으로는 메이저 석유 기업과 군산복합체, 그리고 금융 자본세력이 있었다.

이들은 이권과 자신들의 영향력 확대를 위해서 알게 모르게 서로 연계하여 각 나라의 정부에게까지 막강한 영향력을 행사하고 있었다.

"더벨이 로스네프티를 포기한다고 해도 러시아 정부의 허가가 나지 않으면 인수를 할 수 없습니다."

"그래서 강태수 대표님에게 투자를 하겠다고 결정한 것입니다. 러시아에서 강 대표님만큼 러시아 정부관계자들의 신망을 받는 사람이 없으니까요."

'10억 달러는 큰 금액이다. 더벨과의 협상을 모두 끝마쳤다는 것 또한 나쁘지 않은 조건이긴 한데……'

마음에 걸리는 것은 제임스가 연관된 조직은 나에 대해서 상세히 알고 있었지만 나는 그 조직에 대해 아는 것이 없었다.

나를 선택했다는 말도 썩 듣기 좋은 이야기는 아니었다.

그 뜻은 누군가가 날 부처님 손바닥에 올라간 손오공처럼 상세하게 지켜보고 이리저리 판단한다는 말이다.

"10억 달러는 큰돈입니다. 그 돈을 아무 조건 없이 투자하지는 않을 것 같군요."

"물론 조건은 있습니다. 로스네프티의 일정 지분과 함께 러시아 석유 정책에서 있어서 저희 조직의 의견을 반영하여 주시면 됩니다. 서로가 이익이 되는 방향에서 말입니다."

"저는 회사 경영에 대해 간섭받는 것을 싫어합니다. 더구나 지금은 이득이 별로 없는 로스네프티를 굳이 인수할 필요성을 느끼지 못합니다."

"러시아 제일의 석유회사로 올라설 기회입니다. 어려움은 분명 있습니다만 그만한 매력이 있는 조건입니다. 더구나 더벨은 누구와도 로스네프티와 관련된 협상을 하지 않을 것입니다. 10억 달러는 로스네프티를 인수하는 비용과 향후 운영에 대한 자금입니다. 회사 경영에 대해서는 전혀 간섭이 없습니다. 저희는 작은 이익보다는 큰 그림을 그려 나가는 것에 목적이 있습니다. 저희는 석유 정책에 관련된 의견만을 제시할 것입니다."

'음, 단순한 조직이 아니라고 느꼈는데… 생각보다 더 거대한 조직이구나.'

"그렇다고 해도 전 별로 관심이 없습니다. 지금은 룩오일에 힘을 쏟는 것이 저에게는 최선일 것 같습니다."

내가 이렇게까지 나올지 예상을 못 했는지 제임스의 표정이 굳어지는 것이 보였다.

"잠시만 기다려 주십시오. 제가 다른 조건을 가지고 오겠습니다."

제임스는 의자에서 일어나 칸막이가 쳐져 있는 밖으로 나갔다.

그때 제임스가 앉았던 의자 뒤편에 작은 카메라가 있는 것이 보였다. 누군가가 지금 나와 제임스의 대화를 지켜보고 있었다.

'제임스 정도의 인물을 움직이는 조직이 누굴까? 정말 미국을 움직이는 그림자 정부가 있는 것인가?'

그렇다면 미국 정보 조직의 인물로 알고 있던 제임스를

대사관의 참사관으로 보직을 변경시켜 러시아로 보낼 정도의 힘이 있다는 것이었다.

소설이나 영화에서 흥밋거리로 존재했던 이야기가 내 눈앞에서 펼쳐지고 있었다.

*      *      *

10분이 채 되지 않은 시간에 제임스가 돌아왔다.

"기다리게 해서 죄송합니다. 10억 달러를 제공하더라도 로스네프티의 지분을 일절 받지 않겠습니다. 대신 저희가 제시한 석유 정책에 대해 두 번 정도만 협조해 주시면 됩니다."

'지분을 받지 않는다. 물론 10억 달러를 무상으로 제공하지는 않겠지만 나쁘지는 않아… 하지만 석유 정책이라는 것이 무엇을 말하는 걸까?'

제임스의 조건은 전혀 나쁘지 않았다. 그의 말이 사실이라면 로스네프티를 소유하고 있는 더벨과 골치 아픈 협상을 할 필요도 없었다.

룩오일과 로스네프티가 합병하면 러시아 제일의 석유회사는 물론이고 단숨에 세계 10대 석유회사로 발돋움할 수 있었다.

로스네프티도 룩오일 못지않게 많은 유전과 가스전을 러

시아 내에 소유하고 있었다.

"10억 달러는 제가 어떤 식으로 돌려드려야 합니까?"

"원하시는 기간에 맞추어서 돌려주시면 됩니다. 그에 대한 이자도 일절 받지 않을 것입니다."

"제게 이런 좋은 조건을 제시한 이유가 정확히 무엇입니까?"

"제가 선택한 것이 아닙니다. 제가 속한 조직을 움직이시는 분들의 결정입니다."

"지금 뒤에 있는 카메라로 모든 것을 보고 계신 분을 말하는 것입니까?"

나는 손을 들어 카메라를 가리켰다.

"미처 말씀드리지 못했네요. 불쾌하셨다면 죄송합니다. 하지만 우리가 나눈 대화는 듣지 못합니다."

"그 말을 믿으라는 말입니까?"

"믿고 안 믿고는 강 대표님의 판단에 맡기겠습니다. 저는 사실을 말했을 뿐입니다."

제임스는 표정을 보니 거짓은 아닌 것 같았다.

'정말 구미가 당기는 조건인데…….'

하지만 왠지 마음 한편에서 불편한 느낌이 계속해서 자리 잡았다.

지금의 조건은 구미가 당기는 최고의 먹거리를 수저로

떠서 내 입까지 가져다준 것이나 마찬가지였다.

단지 입을 열어 받아먹기만 하면 되는 일이다. 그런데 그 먹음직스러운 먹잇감이 왠지 내키지 않았다.

'로스티네프를 인수하면 러시아에서 내 영향력은 지금보다 더 확대되겠지만… 지금 상황에서 로스티네프를 선뜻 인수할 수 있는 주체도 없을 테고… 하지만 지금은…….'

쉽게 결정할 수 없는 문제였다. 그러나 이 문제를 오래 끌고 싶은 생각은 없었다.

제임스는 묵묵히 내 대답을 기다리고 있었다.

"상당히 좋은 조건입니다. 그렇지만 저는 로스티네프까지 운영할 수 있는 능력이 없습니다. 미안한 이야기지만 다른 사람을 만나보시는 것이 좋을 것 같습니다."

나의 말에 제임스는 놀라는 모습이 역력했다. 당연히 내가 받아들일 것이라 생각한 것 같았다.

"하하하! 정말이지 놀랍습니다. 이러한 조건을 마다하시다니요."

잠시 멍한 표정을 짓던 제임스는 순간 큰 소리로 웃으면서 말했다.

그의 웃음은 전혀 기분 나빠하는 웃음이 아니었다.

나는 아무 말이 없이 그를 바라보았다.

"제가 어떻게 해드리면 되겠습니까?"

웃음을 그친 제임스는 다시금 진지한 모습으로 돌아왔다.

"어떻게 해주실 필요는 없습니다. 조금 전에 말씀드린 것처럼 로스티네프의 인수는 제 능력을 넘어서는 일입니다. 룩오일을 경영하는 것조차 지금 저에게는 무척이나 벅찬 일입니다."

"음, 지금 당장 결정하시지 않으셔도 됩니다. 강 대표님이 결심이 섰을 때 다시 말씀해 주십시오. 이건 제 연락처입니다. 뒤쪽에 보시면 또 다른 연락처가 있을 것입니다. 제 도움이 필요하실 때에 언제든지 연락하시면 됩니다."

제임스는 내게 명함을 주면서 말했다. 그의 말처럼 명함의 뒤에는 볼펜으로 적어놓은 전화번호가 있었다. 일반적인 전화번호보다 숫자 네 자리가 더 길었다.

"알겠습니다. 그럼 저는 이만 가보겠습니다."

나는 자리에서 일어나 탑차를 떠나려고 했다.

"강태수 대표님?"

그때 제임스가 날 불러 세웠다. 그의 목소리 난 뒤돌아 제임스를 바라보았다.

"더 하실 말씀이 있습니까?"

"건투를 빌겠습니다."

그는 나에게 악수를 청하며 말했다.

난 그가 내민 손을 잡았다. 그 순간 내 손바닥 아래로 종이로 보이는 이물질이 느껴졌다.

내가 무어라 말을 하기 전에 그가 입을 열었다. 마치 지금 상항을 말하지 말라는 모습이었다.

"또 연락드리겠습니다."

"예, 그럼."

나 또한 자연스럽게 마주 잡았던 손을 떼며 탑차 밖으로 발걸음을 옮겼다.

모스크바 시청회관을 떠나 때까지 난 제임스가 건네준 메모지를 펴 보지 않았다.

Chapter 5

　스베르에 위치한 사무실로 돌아오자마자 제임스가 건넨 메모지를 펴 보았다.

　메모지에는 계좌번호로 보이는 숫자와 일곱 자리의 비밀 번호, 그리고 그 아래에는 '노바테크 인수'라는 짤막한 문 구가 적혀 있었다.

　노바테크 또한 러시아의 국영 석유회사로 룩오일이나 로 스티네프처럼 민영화가 이루어지지 않은 러시아 정부 소유 의 에너지 기업이었다.

　노바테크는 북극권 야마르 반도와 북시베리아에 위치한

야말로—네네츠 자치구, 그리고 네네츠 자치구의 시추권을 가지고 있었다. 또한 볼가 연방관구에 위치한 반카유전에서 석유를 생산하고 있다.

노바테크도 다른 국영기업처럼 어려움에 부딪쳐 있지만 다른 회사와 달리 개발이 어려운 지역의 시추권을 소유하고 있었고, 시추가 이루지는 지역도 중소 규모의 광구 위주여서 외국 기업의 관심이 덜했다.

"노바테크라… 왜 노바테크를 인수하라고 하는 거지?"

로스티네프에서 갑자기 노바테크의 이야기를 꺼낸 것이 이상했다.

더구나 제임스는 무척이나 조심스러운 눈치였다. 그는 일부러 탑차에 설치된 카메라를 자신의 몸으로 가리며 메모지를 전달했다.

"우선 이게 어떤 계좌번호인지를 알아야겠는데."

나는 수화기를 들어 소빈뱅크에 연락을 취했다. 그리고 제임스가 건네준 계좌번호가 어디 은행인지를 알아보게 했다.

30분이 지나는데도 연락이 없었다.

러시아에 위치한 은행은 아니었다. 제임스가 속한 미국도 아니었고 그렇다고 한국에 있는 은행도 아니었다.

1시간이 훌쩍 지날 무렵 소빈뱅크에서 전화가 걸려왔다.

─모로코의 마라케시에 있는 페즈은행입니다. 모로코에 위치한 은행이라 시간이 걸렸습니다.

소빈뱅크의 은행장인 미하일의 설명이었다. 미하일은 이번에 소빈뱅크 모스크바 지점 은행장으로 취임했다.

38살로 모스크바 경영학과를 졸업하고 구소련의 재무부와 모스크바 중앙은행에서 근무했었다.

"모로코가 확실합니까?"

─예, 페즈은행은 모로코의 수도인 라바트와 카사블랑카, 그리고 마라케시에만 지점이 있습니다. 대표님이 주신 계좌번호는 마라케시 지점에서 개설된 계좌입니다.

"계좌에 들어 있는 금액을 알아보십시오. 비밀번호는 4588901입니다."

─예, 바로 알아보겠습니다.

미하일과 전화를 끊고서 제임스의 의도를 생각해 보았다.

'이건 그가 속한 조직과 관련된 일이 아닌 것 같은데…….'

쪽지를 주던 제임스의 마지막 눈빛이 이전과 달랐다.

따르릉! 따르릉!

비서를 거치지 않고 나와 직접 통화를 할 수 전화기가 울렸다.

"여보세요?"

─미하일입니다, 계좌의 금액을 확인했습니다. 미화로 5억 7천만 달러가 들어 있습니다.

내가 생각했던 액수보다 네다섯 배나 더 많았다.

"수고했습니다. 내가 지시를 내리면 바로 소빈뱅크로 이체할 수 있게 준비하십시오."

─새롭게 통장을 만들까요? 아니면 기존 통장에 입금할까요?"

소빈뱅크에서 관리하는 내 계좌들은 모두 비밀계좌들이었다.

"새롭게 통장을 만드십시오."

─알겠습니다.

미하일과 통화한 후 곧바로 제임스에게 연락을 취했다.

그가 내게 건네준 계좌에 들어 있는 자금의 의미를 정확히 알아야만 했다. 정말 노바테크의 인수를 바라는 것인지를 말이다.

제임스가 알려준 전화로는 통화가 되지 않았다.

몇 번을 걸었지만 받는 사람이 없었다.

"아직 돌아오지 않은 건가?"

나는 다시 명함 앞쪽에 있는 미국대사관 번호를 눌렀다. 혹시 나를 속이기 위한 연막전술이라면 내게 준 메모지를 그대로 넘겨줄 생각이었다.

굳이 어려운 모험을 펼칠 이유가 없었다.

─미국대사관입니다.

"제임스 참사관님을 부탁하겠습니다. 강태수라고 하면 아실 것입니다."

─죄송합니다만 제임스 참사관께서는 교통사고를 당하셔서 지금 전화를 받으실 수 없습니다. 중요한 일이시면 메모를 해두겠습니다.

"교통사고라니요? 오늘도 만났었는데?"

─안타깝게도 대사관으로 돌아오시던 중에 교통사고를 당하셨습니다. 메모를 남겨드릴까요?

"많이 다치셨습니까?"

─그건 저도 알 수 없습니다.

"알겠습니다. 다시 전화하겠습니다."

나는 전화를 끊었다.

뭔가 느낌이 이상했다. 모스크바시의 교통과 도로 사정이 엉망이긴 해도 교통사고가 자주 발생하지 않는다. 아직은 개인이 소유한 차량이 많지 않기 때문이다.

더구나 모스크바 시청에서 미국대사관까지는 승용차로 5~6분 정도밖에 걸리지 않았다.

'분명 모스크바 중앙병원으로 옮겼을 것이다.'

모스크바에서 가장 뛰어난 의사들과 제일 좋은 의료장비들이 있는 곳이었다.

나는 다시 수화기를 들었다.

개인비서에게 모스크바 병원에 오늘 교통사고로 입원한 사람 중 제임스 참사관이 있는지를 알아보게 했다.

*            *            *

실내장식이 별로 없는 한 사무실에서 날카로운 눈매로 사람의 마음을 단숨에 꿰뚫어볼 것 같은 인물이 누군가에게서 귓속말을 전해 듣고 있었다.

그는 다름 아닌 블라디미르 푸틴이었다.

사내가 무슨 이야기를 건네는지는 모르지만, 푸틴의 입가에는 어울리지 않은 미소가 걸쳐 있었다.

"수고했어."

푸틴은 사내에게 짧게 말을 던졌다. 뒤돌아 서서 사무실을 나가는 사내 또한 평범해 보이지 않는다.

푸틴은 사내가 나가자마자 전화기를 들고는 어디론가 전화를 걸었다.

마치 누군가에게 보고를 하는 모습처럼 보였다.

수화기를 내려놓은 그의 얼굴은 아무런 감정이 없는 사

람처럼 표정이 없었다.

"러시아는 이대로 무너지지 않는다."

하지만 창가에 서서 밖을 내다보는 그의 눈빛만은 세상 그 누구보다 날카로웠다.

*　　　*　　　*

내가 예상한 대로 모스크바 중앙병원에 제임스가 후송되었다.

운전을 했던 미국대사관 직원은 그 자리에서 사망했고, 제임스 참사관은 머리를 심하게 다쳐 수술이 진행 중이라는 연락을 받았다.

중앙선을 침범한 대형 트럭과 정면 충돌로 발생한 교통사고로 트럭운전사는 가벼운 찰과상만 입은 상태였다.

트럭운전사는 순간적으로 운전대와 브레이크가 말을 듣지 않았다고 경찰에게 진술했지만, 그는 보드카를 마신 상태였다.

미국 외교관의 사망 사고가 발생한 교통사고로 모스크바 경찰은 신중하게 조사를 진행하고 있었다.

제임스는 18시간이라는 긴 시간 동안 수술을 받았지만 끝내 깨어나지 못했다.

추가적인 혐의를 발견하지 못한 러시아 경찰은 음주운전 때문에 일어난 교통사고로 결정짓는 분위기였다.

나는 제임스가 말한 노바테크에 대한 정보를 얻기 위해 룩오일의 관계자를 불렀다.

"노바테크는 주로 북극권과 동시베리아에 시추권을 가진 에너지 회사로서 원유보다는 가스전 개발에 치중하고 있습니다. 현재는 자금 부족으로 신규 투자가 중단된 상태입니다."

룩오일의 영업과 대외협력을 담당하고 있는 니콜라이 이사의 말이었다.

노바테크도 러시아 국영기업이 가지고 있는 생태적인 문제점을 안고 있었다. 노바테크는 80년대 중반에 시베리아 개발을 위해 세워진 회사였다.

노바테크의 장점은 한마디로 미개척지인 북극권 지역과 동시베리아 지역에 상당한 넓이의 시추권을 가지고 있다는 점이었다.

그 면적이 한반도 면적(22만㎢)의 여섯 배에 달하는 크기였다.

"노바테크의 앞으로의 가능성은 어떻습니까?"

"충분한 자금만 지원된다면 어느 지역보다도 가스전이나

원유 발견 가능성이 큰 지역들입니다. 하지만 개발 접근성이 다른 곳보다 취약하다는 단점도 있습니다."

니콜라이의 말처럼 노바테크가 소유한 지역은 천연자원의 보고라고 이야기하는 북극해와 동시베리아였다. 하지만 문제는 지금 시대의 기술로는 접근할 수 없는 지리적 여건과 매서운 추위였다.

'제임스가 무엇 때문에 노바테크를 말한 것일까? 가능성은 있지만 지금 당장 이익을 낼 수 있는 곳이 아니다. 아니 어쩌면 몇 년간은 지속적인 투자만 이루어질 수도 있다.'

그 이유를 답해줄 제임스는 이젠 이곳에는 없었다.

자금이 풍부하다면 노바테크와 같은 회사를 인수해 두는 것은 미래를 위해서 나쁘지 않았다.

"노바테크의 지분은 누가 가지고 있습니까?"

"현재 에너지관리국과 국가자산관리국이 절반씩 소유하고 있습니다."

"우리가 인수를 추진하면 어느 정도나 자금이 들어갈 것 같습니까?"

"정확히는 산정해 봐야겠지만 미국 달러로 2~3억 달러 사이가 될 것 같습니다."

'음, 제임스가 건네준 계좌의 자금으로 인수는 충분하지만 그 돈의 출처가 문제인데……'

처음 제임스가 로스네프티를 인수하라고 할 때와는 느낌이 달랐다.

노바테크에는 왠지 마음이 끌렸다.

만약 노바테크를 인수하게 된다면 제임스가 건네준 계좌의 돈을 사용해야만 했다.

지금 상황에서 계좌를 다시 제임스에게 돌려줄 수도 없었다. 그가 제시한 것처럼 노바테크를 인수하는 것이 여러모로 나쁘지가 않았다.

'직접 모로코 가서 돈을 찾아온다면… 혹시 발생할 수도 있는 자금 추적을 피할 수 있다.'

생각이 정리되자 결론을 바로 내렸다.

"좋습니다. 노바테크의 인수를 추진합시다."

나의 말에 니콜라이의 눈이 커졌다. 룩오일이 현재 가지고 있는 자금으로는 인수할 수 없었다.

"죄송합니다만 현재 회사에는 그럴만한 자금이 없는 것으로 알고 있습니다."

"투자자가 나타났습니다. 인수와 관련된 제반 사항들을 정리해서 보고하십시오."

"예, 바로 시작하겠습니다."

내 말에 니콜라이는 자신감 넘치는 말로 답했다.

그도 그럴 것이 러시아에서 지속적인 신규 투자가 이루

어지는 에너지기업은 오로지 룩오일뿐이었다.

노바테크의 인수가 성공적으로 이루어진다면 룩오일을 포함하여 나는 러시아에서 가장 큰 에너지기업을 소유하는 인물이 되는 것이다.

＊　　　　＊　　　　＊

내가 노바테크와 관련된 일에 매달릴 때 송 관장은 코사크에서 일을 보고 있었다.

신규 대원들의 면접은 물론 격투 능력까지 직접 테스트했다.

"이거 덩치들만 컸지 동작들이 영 아니야."

송 관장은 코사크에 지원한 지원자들과 대련을 펼치고 있었다. 송 관장과 대련 중인 한 인물이 거친 숨을 연신 몰아쉬고 있었다. 그는 송 관장보다 머리 하나가 더 컸다.

코사크에 지원하는 인물들 대다수가 군 특수부대나 공수부대, 혹은 내무부 산하의 대테러부대 출신이었다.

한마디로 군 생활 중 산전수전 다 겪은 베테랑이라고 말할 수 있었다.

그런 인물들을 송 관장은 아이 다루듯이 데리고 놀았다.

송 관장과 대련하는 인물도 공수부대 출신으로 이름은

페트로바였다.

페트로바는 송 관장에게 선뜻 달려들지 못하고 있었다.

유도 2단인 페트로바는 공수부대 시절 전투격투술까지 완벽하게 연마했다.

근접전이나 타격전에도 자신 있었기에 방금도 가드을 한 채 송 관장에게 달려들었지만, 단 한 번의 공격도 해보지 못하고 뒤로 밀려나고 말았다.

송 관장이 봐주지 않았다면 서 있을 수도 없는 상황이었다.

'방금 뭐였지?'

페트로바의 머릿속은 온통 물음표뿐이었다.

공수부대에 머물 때도 가장 자신 있는 분야가 격투술이었다. 그래서 지원서에도 특기를 격투술로 적어 넣었다.

'분명 내가 먼저 주먹을 뻗었는데 왜 가격을 당했을까? 손이 나오는 것을 보지 못했는데……'

페트로바는 얼굴과 왼쪽 옆구리 그리고 뒤로 물러설 때 허벅지를 가격당했다.

부상 방지를 위해 헤드기어와 보호대를 입었는데도 가격당한 곳에서 전해져 오는 고통이 상당했다.

"다시 들어와 봐!"

손 관장이 페트로바에게 들어오라는 손짓을 했다.

하지만 페트로바는 선뜻 공격을 펼치지 않았다. 그 모습에 손 관장이 무방비 상태로 성큼성큼 페트로바에게 걸어 갔다.

'이자가 날 너무 쉽게 보고 있어.'

페드로바는 걸어오는 송 관장을 바라보다가 자신의 공격 범위에 들어오자마자 한 발을 앞쪽으로 내디디며 그대로 몸을 날려 발차기를 했다.

덩치에 걸맞지 않게 표범처럼 날렵하고 무게감 있는 공격이었다.

'피할 수 없다.'

타이밍이 정확했다. 이런 느낌이 올 때는 공격이 실패한 적이 없었다.

그러나 묵직한 느낌이 전해져야 하는 발에 전혀 감각이 없었다.

'이런!'

양발이 땅에 닿는 순간 불안한 마음에 페트로바는 몸을 뒤로 뺐다.

하지만 그 순간 가슴에 큰 충격이 전해져 오며 몸이 허공에 뜨는 느낌이 들었다.

그러고는 그대로 대련장 밖으로 페드로의 몸이 나가떨어졌다.

대 자로 뻗어버린 페드로는 한동안 몸을 일으키지 못했
다.

 그 모습을 지켜보던 지원자들 모두가 놀란 입을 다물지
못하고 있었다.

Chapter 6

모스크바에서의 일정은 한국과 크게 다르지 않았다.

러시아에서 운영하는 회사들의 업무보고와 함께 진행되고 있는 일들을 확인하기 위해서 현장을 돌았다.

러시아는 구소련에 제공했던 현금차관에 대한 이자분을 현물인 알루미늄괴로 받기로 한국 정부와 양해각서를 체결했다.

그 알루미늄괴를 세레브로 제련공장에서 생산하고 있었다.

세레브로는 러시아 정부와 7년간 한국에 제공해야 하는

알루미늄괴를 생산하기로 계약했다.

"이번 달에는 천만 달러 상당의 알루미늄괴를 러시아 정부에 인도할 예정입니다."

볼조프 공장장이 생산되어 나오는 22kg짜리 알루미늄괴를 가리키며 말했다.

무게 22kg에 순도 99.7%가 표준 규격이었다.

"나머지 수량은 어떻게 진행됩니까?"

1차로 3천 5백만 달러 상당의 알루미늄괴를 한국으로 보내야만 했다.

"나머지 수량은 2개월에 걸쳐서 보내질 예정입니다."

"생산에는 문제되는 것이 없겠죠?"

"예, 신규 인원의 배치도 모두 끝난 상태라 생산에는 문제 될 것이 없습니다."

볼조프의 말처럼 일거리가 넘쳐 나고 있는 세레브로 제련공장은 한 달 전에 열 명의 생산인력을 추가로 뽑았다.

다른 공장에서 인원 감축이 계속해서 이루어지는 것과는 사뭇 다른 풍경이었다.

그래서인지 세레브로 제련공장의 입사경쟁률은 장난이 아니었다.

기존의 직원들도 세레브로에 대한 자긍심이 대단했고 그에 걸맞게 일에 대한 열정도 대단했다. 회사에서도 러시아에서 볼 수 없는 직원들에 대한 복지시설로 화답했다.

"좋습니다. 금괴제련은 어디까지 끝났습니까?"

스베르 건물 지하에서 발견된 금괴는 계속해서 제련하고 있었다. 금괴는 언제든지 현금으로 바꾸어 사용할 수 있는 요긴한 자산이었다.

현재 모스크바 소빈뱅크 본점에도 8톤의 금괴가 보관 중이었다.

"공장에 들어온 금괴는 모두 제련을 끝마쳤습니다. 현재 창고에 보관 중인 금괴는 4톤입니다."

"수고했습니다. 언제든지 반출할 수 있게 해두십시오."

아직도 스베르 건물 지하에는 제련되지 않은 상당한 금괴가 보관 중이었다.

"예, 준비해 놓겠습니다."

"자, 그럼 식사를 하러 갑시다."

우리가 도착한 공장 내 구내식당에는 식사를 하기 위해 직원들이 줄을 서고 있었다.

세레브로 제련공장의 구내식당도 현대식으로 탈바꿈한 상태였다.

이전의 구내식당은 식당이라고 할 수 없을 정도로 낡고 오래되어 위생이 엉망이었다. 그러나 지금은 모스크바에 있는 고급레스토랑을 연상시키는 주방과 시설을 갖추고 있었다.

제공되는 음식들도 신선하고 맛좋은 요리들로 탈바꿈했다.

내가 식당에 들어서자 직원들 모두가 나에게 앞다투어 인사를 건넸다.

그리고 맨 먼저 식사를 할 수 있게 자리를 양보해 주려고 했다.

"감사합니다만 저도 줄을 서서 먹겠습니다."

나는 직원들의 호의에 대해 감사를 표했다. 달라진 식당과 음식들은 직원들의 사기와 직결되었다.

공산주의를 버리고 산업자본주의를 받아들인 러시아는 식량 사정이 좋지 않아 공급량뿐만 아니라 가격마저 해가 다르게 인상되었다.

하지만 세레브로 제련공장은 기존보다 직원들의 식사 지원금을 오히려 2배나 더 늘렸다.

러시아의 국민들이 겪고 있는 어려움을 세레브로 직원들은 겪지 않고 있었다.

구내식당에서 나온 음식은 먹을 만한 게 아니라 정말 맛있었다. 신선한 재료와 실력이 뛰어난 전문 요리사 출신이 만든 음식이었기 때문이다.

러시아는 현재 요리사도 직장을 쉽게 구할 수 없는 상황이었다.

식사를 하는 와중에서도 직원들은 나에게 엄지를 치켜들거나 쓰고 있던 모자를 벗어 나에게 존경을 표했다.

"대표님께서 많은 신경을 써주셔서 직원들의 사기가 무척 높습니다. 일에 대한 능률도 다른 공장들과는 비교할 수 없을 정도입니다."

볼조프 공장장이 직원들이 나에게 보이는 행동들을 보며 말했다.

"좋은 일입니다. 직원분들이 열심히 해준 만큼 회사는 반드시 보답할 것입니다."

"세레브로에 다니고 있다는 것이 저한테는 큰 행운이자 행복입니다. 이곳이 아니었다면 가족들을 부양할 수 없었을 것입니다."

볼조프의 옆에 앉은 생산 1팀을 책임지고 있는 과장의 말이었고, 그의 말에는 진심이 묻어나왔다.

그의 말처럼 러시아는 현재 직장에 다니는 사람들도 제때에 월급을 받지 못하는 사람들이 많아 기본 생활이 무척 어려웠다.

현재 러시아 정부에서는 근본적인 문제를 해결하기 위해 노력하고 있었지만 좀처럼 해결책이 나오지 않고 있었다.

"제 가족들도 대표님께 무척 감사하고 있습니다."

내 옆에 앉은 생산 2팀의 과장도 고개를 끄떡이며 말했다. 세레브로는 동종업계에서 가장 높은 급여를 주고 있었다. 그 때문인지 직원들의 생활에는 전혀 문제가 없었다.

"고마운 말씀입니다만 한 가지 분명히 아셔야 합니다. 회사는 결코 자선단체가 아닙니다. 여러분들의 권리와 혜택은 여러분들이 만들어내야만 합니다. 주변 공장들이 가동을 멈춘 채 문을 닫을 수밖에 없었던 이유를 잘 알고 계실 것입니다. 그와 반대로 여러분이 행동하시고 회사를 위해 일하시면 됩니다. 그러면 지금보다 더 나은 환경과 급여를 받으실 수 있을 것입니다."

자리에 앉은 사람들 모두가 내 말에 고개를 끄덕였다. 공장이 문을 닫고 일자리를 잃은 사람들의 삶이 어떤지를 이들은 잘 알고 있었다.

그런 삶을 그들의 가까운 이웃이나 친인척들의 모습에서 흔히 찾을 수 있는 것이 러시아의 현주소였다.

나는 점심을 먹고 한창 공사가 진행 중인 도시락공장 건설 현장으로 향했다.

공사 현장은 세레브로 제련공장에서 승용차로 40분 정도 떨어져 있었다.


나를 태운 벤츠 차량 앞뒤로 BMW 경호 차량이 뒤따르는 모습에 도로를 달리는 차량들이 앞다투어 길을 내주었다.

우리의 행렬을 마피아로 오인한 것이다. 모스크바 시내를 다닐 때도 이런 모습이 자주 볼 수 있었다.

기분은 썩 좋지 않았지만 그렇다고 차를 세우고서 마피아가 아니라고 설명할 수도 없었다.

"이거, 길을 비켜주는 것은 좋은데 항상 기분이 좀 그러네."

함께 차를 타고 가는 김만철도 별로 이 상황이 내키지 않은 것 같았다.

"그렇다고 차에다가 우린 마피아가 아니라고 쓸 수도 없잖습니까?"

"그건 그렇습니다만 매번 마피아로 오해를 받으니 말입니다."

김만철의 말처럼 러시아에서 고급 외제 차량에다가 경호 차량이 뒤따르는 경우는 마피아가 대다수였다.

"음, 그러면 코사크를 나타낼 수 있는 마크나 상징을 만들어봐야겠습니다."

"그걸 차량에 부착한다는 말씀입니까?"

김만철이 내 말을 바로 알아듣고 물었다.

"예, 차량에 부착할 수도 있고 아니면 깃발로 만들어도 좋을 것입니다."

"음, 나쁘지 않겠는데요?"

코사크에서 사용하는 차량에는 단지 코사크라는 문구만을 부착한 상태로 운영했다.

"이왕 말이 나온 김에 전문가에게 의뢰를 해야겠습니다."

나는 닉스의 디자인팀을 떠올랐다.

도시락공장의 건설 현장으로 진입하는 길에 들어서자 공사 자재를 운반하는 차량들이 쉴 새 없이 오가고 있었다.

공사장은 건설 장비들에서 나오는 소음으로 가득했고 수백 명의 인력이 바쁘게 움직이고 있었다.

러시아 정부나 모스크바시 당국도 도시락공장 건설에 적극적으로 협조해 주고 있었다.

건설 자재나 전문 인력을 최우선으로 배정해 주었다.

러시아의 좋지 않은 식량 사정에 도움을 줄 수 있는 모스크바 도시락공장이 완공되면 이천공장보다 3배나 더 많은 라면을 생산할 수 있었다. 그것도 부족해지면 언제든지 생산시설을 증설할 수 있게끔 공사 중이었다.

라면 공장 옆으로는 마요네즈와 토마토케첩과 같은 소스를 생산하는 공장도 함께 공사가 진행 중이었다.

러시아 국민들에게 친숙하게 자리 잡아 가고 있는 도시락 상표로 소스와 드레싱 시장도 장악할 계획이었다.

도시락 라면은 이제 러시아 전역에 알려졌고 러시아에서

독립한 나라들에서도 서서히 붐이 일어나고 있었다.

내가 공사 현장에 들어서자 공사를 담당하고 있는 유성 엔지니어링 관계자와 건설 현장에 상주하고 있는 도시락의 이태형 차장이 공사 현장에서 나를 맞이했다.

유성엔지니어링은 이천공장의 증설에 참여한 회사로 국내외로 식품공장 건설을 전문적으로 담당하는 회사였다.

"오셨습니까? 대표님."

이태형 차장이 고개를 깊숙이 숙이며 인사를 건넸다.

그는 러시아에서의 나의 위치와 나를 대하는 러시아 정부관계자들의 모습을 보고 깜짝 놀랐었다. 그 이후 나를 대하는 모습이 크게 달라졌다.

이태형 차장만이 아니었다. 도시락 회사의 직원들이 러시아로 출장을 오면 나를 더욱 존경하고 따랐다.

"공사 진행은 어떻습니까?"

"순조롭게 진행되고 있습니다. 저희가 생각했던 것보다도 공사 기간이 한두 달 정도 빨라질 수도 있을 것 같습니다."

"좋은 소식이네요. 문제되는 상황은 없습니까?"

나는 공사를 담당하는 유성엔지니어링의 현장 소장에게 물었다.

"전혀 없습니다. 현지 기술자들도 실력이 뛰어나고 다들 열심히 일해주고 있습니다. 제가 다른 나라도 가봤지만, 여기처럼 성실하게 일하는 건설 인력은 처음 보았습니다."

"러시아 친구들도 한다면 하는 친구들입니다. 그리고 공기(工期)가 빨라지는 것은 좋지만, 공장 완공은 완벽하게 끝나야 합니다."

현장에서 일하는 러시아 기술자와 인력들도 내가 어떤 인물인지를 어렴풋이 알고 있었다.

그들은 나를 러시아 정부와 마피아의 비호를 동시에 받는 인물로 보았다. 늘 십여 명의 건장한 경호원을 대동하고 다니는 나의 모습 때문이었다.

또한 다른 공사 현장과는 다르게 풍부한 음식과 공사 소모품의 지원이 남달랐는데, 그 모든 상황이 공사 현장을 원만히 돌아가게 하고 있었다.

"물론입니다. 실수 없이 완벽하게 해내겠습니다."

현장 소장도 내가 어떤 사람인지를 충분히 알고 있었다.

"문제되는 것이 있으면 언제든지 연락해 주십시오."

"예, 그렇게 하겠습니다."

그때였다.

공사 현장으로 러시아의 라다자동차에서 만든 낡은 리바 차량 2대가 급하게 들어오고 있었다.

리바 승용차에서는 모두 여섯 명이 내렸다.

평범해 보이지 않는 인상과 함께 건들거리며 주변을 불안하게 살피는 모습에서 그들이 마피아라는 것을 한눈에 알아볼 수 있었다.

공사 현장에 나타난 마피아들은 모스크바 외곽에서 이제 막 자리를 잡으려고 활동하는 소규모 조직처럼 보였다.

지금 마피아들이 방문한 공사장이 어떤 곳인지 알았다면 이들은 결코 이곳에 발을 들이지 않았을 것이다.

마피아의 등장에 뒤편 주차장에서 대기하고 있던 다섯 명의 코사크 대원들이 차량에서 자동소총을 꺼내 들었다. 그중 한 명은 SVD(드라구노프) 저격용 소총을 준비하고 있었다.

여섯 명 중 리더로 보이는 인물이 우리가 있는 쪽으로 천천히 걸어왔다.

짧은 셔츠를 입고 있는 그의 양팔에는 아기천사와 사신을 형상화한 문신이 새겨져 있었다.

내 주위에 있던 경호원들도 품속에서 권총을 꺼내려고 했다.

"아무 일도 일어나지 않았으니 잠깐 기다려 봅시다."

나의 말에 경호원들은 권총을 꺼내지 않았다.

걸어오는 여섯 명은 생각보다 공사 현장이 크고 사람들

이 많아 당황한 것 같았다.

"여기 책임자가 누구냐?"

마피아 리더는 당당함을 잃지 않으려는 듯이 우리에게 큰 소리로 말했다. 나머지 인물들은 리더의 뒤에 서서 주변을 경계하듯이 둘러보고 있었다.

"제가 책임자인데 무슨 일로 오셨습니까?"

나의 말에 리더는 의아한 눈길을 보냈다. 그도 그럴 것이 주변에 있는 사람 중에서 내가 가장 어려 보였기 때문이다.

"다른 말은 하지 않겠다. 공사를 원활하게 하고 싶으면 매달 천 달러의 보호비를 우리에게 가지고 와."

리더는 위협적인 말투로 보호비에 대한 이야기를 아무렇지 않게 꺼냈다.

"하하하! 천 달러요?"

마피아 리더의 말에 난 크게 웃었다. 그러자 내 옆에 있던 경호원들도 어이가 없다는 듯이 큰 소리로 함께 웃음을 토했다.

"이 새끼들이? 웃어?"

자신들을 두려워하지도 않고 오히려 웃음을 보이자 뒤에 한 인물이 앞으로 나서면서 품속에서 권총을 꺼내 들었다.

"이반! 내가 비즈니스를 하는 중이잖아."

그러자 리더는 신경질적으로 사내에게 소리쳤다.

이반이라 불린 사내는 손에 쥔 권총을 다시 품에 꽂아 넣었다. 그러지 않았다면 그는 이 세상 사람이 아니었을 것이다.

마피아들은 뒤쪽에서 그들을 노리고 있는 코사크 경호원들에 대해서 전혀 모르는 것 같았다.

더구나 내 옆에 서 있는 경호원들에 대해서도 말이다.

한마디로 내 앞에 있는 마피아들은 다른 러시아의 마피아들보다 정보력과 실력이 한참 떨어지는 자들이었다.

고작 주변 지역에 있는 상점들과 공사 현장들을 돌면서 돈을 뜯어내는 소규모 마피아 집단임이 분명해 보였다.

"우린 분란을 일으키고 싶은 생각이 없다. 월 8백 달러를 내면 다른 마피아들이 이곳에 얼씬거리지 못하게 해주지."

마피아 리더는 말을 꺼내지도 않았는데도 1천 달러에서 8백 달러로 보호비를 스스로 내렸다.

"당신의 이름과 조직의 이름이 어떻게 됩니까?"

"내 이름은 왜 묻지?"

내 질문에 리더는 되물었다.

"당신의 말처럼 우리를 보호할 능력이 되는지 알아야 돈을 줘도 아깝지가 않으니까요. 우리에게 보호비를 요구한 조직이 당신 말고도 또 있으니까 말입니다."

나의 말에 리더는 움찔하는 모습이었다. 이미 다른 조직에 보호비를 낸다면 말이 달라질 수 있었다.

"내 이름은 비카 예브네비치다. 우리 조직의 이름은 티토바 형제들이고, 이 지역에서는 우리를 넘볼 수 있는 조직은 없다."

비카 예브네비치는 물론 티토바 형제들도 처음 듣는 이름이었다.

내 예상대로 소규모 조직으로 활동하는 마피아였다.

나는 소냐의 아버지이자 블라디보스토크를 지배하는 블라노브치를 통해서 러시아에서 활동하는 대표적인 마피아 조직들을 알고 있었다.

그때 마침 화장실을 다녀온 김만철이 마피아의 뒤쪽으로 걸어오면서 비카 예브네비치의 이야기를 들었다.

마피아들은 김만철을 공사장에서 일하는 인물로 보았는지 그다지 신경을 쓰지 않는 눈치였다.

'정말 어딜 가도 마피아가 판을 치는군.'

"티토바 형제들이라, 알겠습니다. 하지만 우리 공사장은 보호가 필요 없으니 다른 곳에 가서 알아보시기 바랍니다."

나는 최대한 정중하게 말했지만, 나의 말을 들은 비카 예브네비치의 인상이 구겨졌다.

"후회할 텐데."

"후회요? 오히려 티토브 형제들이 장소를 잘못 선택했습니다. 지금 그냥 가면 오늘 일은 없던 일로 하겠습니다."

마피아들은 나의 말에 신경 쓰느라 김만철이 그들의 뒤로 접근한 것을 누구도 알지 못했다.

김만철은 내 옆에 있는 경호원들에게 손가락을 펴 신호를 보냈다.

"누굴 믿고 그렇게 기고만장한지는 모르겠지만, 오늘 크게 후회하게 만들어 주지."

티토브 형제들의 리더인 비카 예브네비치의 말이 끝나기가 무섭게 그의 뒤에서 신음성이 연속해서 들려왔다.

"큭!"

"헉"

김만철이 권총을 꺼내려는 두 명의 목과 불알을 전광석화와 같이 가격하며 그대로 땅바닥에 꼬꾸라뜨렸다.

"컥!"

"큭!"

쿵!

신음성에 뒤를 돌아본 나머지 마피아들도 김만철의 수신호를 받은 경호원들의 움직임에 제압당했다.

퍽!

"아악!"

마피아 중 하나는 품속에서 이스라엘제 우지 기관총을 꺼내다가 소음기가 부착된 저격소총에 팔을 관통당했다.

순식간에 비카 예브네비치를 제외한 다섯 명의 마피아는 땅바닥에 쓰러져 고통스러운 신음성을 내뱉고 있었다.

바닥에 쓰러진 비카의 부하들은 거친 자들이었다. 그런 자들이 눈 깜짝할 사이에 제압당한 것이다.

바카 예브네비치는 지금 자신에게 총을 겨누고 있는 인물들의 움직임에 놀라 입을 다물지 못하고 있었다.

더구나 자동소총으로 무장한 또 다른 인물들이 나타나 자신과 부하들에게 총을 겨누고 있었다. 이들의 움직임 하나하나가 절대로 평범한 움직임이 아니었다.

고도의 특수훈련을 거친 자들만이 펼칠 수 있는 움직임이었다.

"하여간에 여기 놈들은 똥인지 된장인지를 구별 못 하고 설치는 게 문제야."

김만철이 얼어버린 바카 예브네비치의 허리춤에서 권총을 빼내며 말했다.

그러고는 그대로 바카의 명치에 주먹을 내질렀다.

"헉!"

바카는 짧은 신음성과 함께 배를 움켜쥐며 무릎을 꿇었다.

이 모습을 모두 지켜본 현장 관계자들도 놀라움을 금치 못하고 있었다.

마피아들을 순식간에 제압하는 모습이 마치 영화에서나 보는 동작들 같았기 때문이다.

고통으로 얼굴이 일그러진 바카 예브네비치가 힘겹게 입을 떼었다.

"누구… 십니까?"

그제야 바카 예브네비치는 자신들이 상대할 수 없는 사람인 것을 인지한 것이다.

자신이 알고 있는 마피아 조직은 이러한 움직임을 보이지 않았다.

피라미에 불과한 바카 예브네비치에게 굳이 알려주고 싶은 마음이 없었다.

"경찰에 가서 알아보시는 게 빠를 것이오. 티토브 형제들은 오늘부로 해체됩니다."

후한을 남겨 둘 소지를 모두 없애야 했다. 또다시 도시락 공사장에 나타나 공사를 방해할 수도 있었다.

내 말에 바카 예브네비치의 표정이 더더욱 비참하게 일그러졌다.

나는 경찰에게 연락하라는 지시와 함께 훈련 중인 코사크의 타격대를 공사 현장으로 불러들이라는 명령을 내렸다.

그날 코사크 타격대의 활약으로 총 13명의 티토브 형제들이 경찰에 인계되었다. 그 지역 경찰도 애를 먹던 마피아 조직이 순식간에 사라진 것이다.

이 소식은 곧바로 모스크바와 주변 지역에 있는 다른 마피아 조직에도 알려졌다.

그리고 곧바로 내가 운영하는 회사는 물론 연관된 인물들과도 절대로 충돌하거나 간섭하지 말라는 명령이 내려졌다.

# Chapter 7

　그동안 진행했던 소빈뱅크의 구조조정은 완벽하게 마무리되었다.

　소빈뱅크는 중국 상하이와 오스트리아 빈에도 올해가 가기 전에 지점을 내기로 했다.

　현재 미국 뉴욕 지점 설립에 대한 작업은 마무리 단계로 다음 달이면 지점이 개설된다.

　한국에는 2주 전에 이미 서울 지점이 광화문에 개설된 상태다.

　한국은 물론 새롭게 사업을 시작하는 중국까지 내가 소

유한 기업들은 모두 소빈뱅크를 통하여 거래가 이루어질 것이다.

"러시아에 진출한 한국 기업들도 소빈뱅크와 거래하기 시작했습니다. 현재 일곱 개 회사가 계좌를 개설했습니다."

모스크바 본점의 미하일 지점장의 보고였다.

소빈뱅크는 소매금융 쪽을 축소하고 수출입 업무와 환전 특화은행으로 탈바꿈했다.

모스크바에 진출한 한국 기업들은 물론 외국 기업들이 애를 먹는 부분은 러시아로 보내오는 돈과 해외로 보내는 송금이 문제였다.

러시아의 화폐인 루블화가 안정되지 못하자 러시아에서 사업을 벌이고 있는 기업들은 루블화가 아닌 달러로 거래하고 있었다.

더구나 러시아의 은행들은 원천적으로 믿을 수가 없다.

러시아는 현재 지속적인 경제침체와 함께 외화 부족 사태를 겪으며 루블화가 요동치면서 환율이 폭등(돈 가치 하락)하고 있었다.

89년엔 10루블이 1.6달러 정도 가치가 있었으나 현재는 10센트 정도였고, 계속 값어치가 떨어지고 있었다.

러시아인들이 저축한 예금은 93년이 되어야 찾을 수 있었고, 현재는 이러한 상황을 모르고 있었다.

앞으로 러시아의 대형은행들에게 돈을 맡겼던 러시아 국민은 큰 손해를 볼 것이다. 은행에 돈을 넣어두는 바람에 사실상 돈을 잃어버리는 피해를 보는 웃지 못할 상황이 벌어지고 있었다. 더구나 소규모 은행들은 예금 지급도 제대로 하지 않은 채 문을 닫아버린 은행이 많았다.

그러한 일을 겪은 러시아인들은 은행에 대해, 특히 작은 규모의 은행에 대해 뿌리 깊은 불신을 안고 있다.

이러한 현실 때문에 러시아 정부는 외국으로 보내는 달러에 대해 민감하게 반응했다.

그 결과 러시아는 외국환관리법을 강화하려는 움직임을 보이고 있었다.

하지만 소빈뱅크는 이러한 움직임에서 벗어나 있었다.

"앞으로 거래는 계속해서 늘어날 것입니다. 제가 말한 것은 잘 준비하고 있습니까?"

"예, 이미 은행 내에 전문팀을 꾸려서 시세차익을 내고 있습니다. 그때까지 충분한 자금을 마련할 수 있습니다."

루블화의 환율 변동 시기인 지금, 소빈뱅크는 합법적인 외환시장에서 환투기를 통해서 상당한 돈을 벌어들이고 있었다.

소빈뱅크는 러시아는 물론 유럽과 미국에서 활동했던 투

자 전문 딜러를 채용했다.

미래에 검은 수요일이라 불릴 9월 16일이 다가오고 있었다.

검은 수요일은 영국 정부가 파운드화 가치 방어를 위해 막대한 외화 보유액을 투입했지만, 실패하여 유럽 환율조정체제(ERM)를 탈퇴한 날로써 영국 역사상 최악의 금융위기로 불린다.

이때 퀀텀펀드를 이끄는 조지 소로스가 영국 파운드화가 평가절하될 것이라고 베팅한 뒤, 실제로 이를 위해서 파운드화를 단기 투매해 파운드화 가치를 20%나 떨어뜨렸다.

조지 소로스는 이 투기적인 공격을 통해서 2주일 만에 10억 달러(1조)를 벌어들였다.

소빈뱅크 또한 유럽 환율조정체제(ERM)의 위기를 이용하여 영국 파운드화의 폭락과 이탈리아의 리리화 그리고 스페인 페세타화의 평가절하를 노리고 있었다.

"지하 금고에 보관 중인 금괴를 사용해도 됩니다. 소빈뱅크의 모든 것을 이번 일에 투입할 생각을 해야 합니다. 이번 일만 성공한다면 소빈뱅크는 러시아에서 가장 크고 탄탄한 은행이 될 것입니다."

역사의 흐름을 알고 있는 이상 돈을 벌 기회를 놓치고 싶지 않았다.

"차질 없이 준비하겠습니다."

나는 미하일 지점장에게 검은 수요일을 대비한 인원 보강을 지시하고는 크렘린으로 향했다.

모스크바시의 명예시민에 이어서 러시아 정부에서도 나에게 훈장을 주기로 했기 때문이었다.

크렘린 궁에서 행해진 훈장수여식에는 보리스 옐친 대통령이 직접 참석해서 나에게 우정훈장을 수여했다.

대한민국 출신으로는 처음으로 받는 훈장으로, 러시아 정부가 한·러 양국의 관계 증진에 이바지한 공로로 주는 훈장이었다.

우정훈장은 러시아와의 경제협력은 물론 과학기술문화 발전 및 우호 관계 증진에 대한 공로였다.

"강태수 대표는 러시아의 국민보다도 더 러시아를 사랑하는 분이시며 러시아와 국민을 위하여 경제발전은 물론 러시아 국민들을 위해 구호활동을 펼치셨습니다. 한국과의 우호협력에도 크게 이바지할 뿐만 아니라……."

사회를 맡은 인물이 낯 뜨거울 정도로 나에 대한 이야기를 펼쳐 놓고 있었다.

훈장이 수여되는 자리에 한국 측 인사로는 박동훈 외무차관과 홍수용 주러시아대사 및 러시아를 방문 중이었던 한봉주 상공부 장관이 급하게 참석했다.

박동훈 차관과 홍수용 대사는 이젠 나의 이러한 모습이 당연하다 듯이 바라보았지만, 한봉주 장관은 어리둥절한 표정이었다.

더구나 러시아의 거물급 인사들이 훈장수여식에 자리 잡고 있는 모습에 더 놀라워했다.

러시아를 방문하여 만남을 요청했지만, 일정을 핑계로 만나지 못한 인물들이 모두 자리하고 있었던 것이다.

그 모습이 마치 한 나라의 대통령을 영접하는 듯한 모습이었다.

"강태수 대표가 어떤 사람이길래 러시아에서 이런 대접을 받고 있습니까?"

박동훈이 옆에 앉아 있는 홍수용 주러시아 대사에게 물었다.

"한마디로 러시아에서 강태수 대표는 못 할 것이 없는 존재입니다. 옐친 대통령은 물론이고 행정부 고위 인물들과 의회의원들도 강태수 대표를 누구보다 신뢰합니다."

"이번에 옐친 대통령의 한국 방문 성사가 이루어지게 된 것도 강태수 대표님의 힘이 컸습니다."

박동훈 외무차관이 부연 설명을 해주었다.

"음, 그래서 도시락에 러시아 소비재차관의 상당 부분이

할당되었군요."

고개를 끄떡이며 말하는 한봉주 장관은 유심히 나를 바라보았다.

한봉주 장관은 대산그룹과 관계가 깊었고 대산식품을 지원했었다.

국내에 내로라하는 대기업들도 러시아에 진출하고 있지만 이런 국빈급 대접을 받는 기업인은 없었다.

"러시아 정계에 도는 소문에는 강태수 대표는 언제든지 옐친 대통령을 만날 수 있다고 합니다."

홍수용 대사의 말에 한봉주는 더욱 놀란 표정을 지었다.

"한 사람만을 위해서 크렘린 궁을 개방한 것은 처음 있는 일이고, 옐친 대통령이 직접 참석해서 우정훈장을 주는 것은 흔한 일이 아니라고 합니다."

박동훈 외무차관의 말처럼 보통 훈장 수여식은 한 사람이 아닌 훈장을 받는 여러 나라 사람들과 함께 치러졌다.

더구나 러시아 우정훈장은 대부분 관련된 장관이나 훈장을 받는 나라의 러시아대사관에서 수여하는 일이 많았다.

"허, 참. 젊으신 분이 대단한 일을 해내셨네요."

한봉주 장관은 자신과 비교해도 한참 다른 대접이 부러울 뿐이었다.

*　　　*　　　*

훈장을 수여하는 내내 옐친 대통령의 입가에는 웃음이
떠나지 않았다.

우정훈장을 내 가슴에 달아주고는 악수가 아닌 나를 포
옹하며 진정 기뻐해 주었다.

"하하하! 정말 축하합니다. 우리 강 대표에게 더 빨리 훈
장을 줬어야 하는데 상황이 여의치가 않았어요."

"아닙니다. 이런 훈장을 주시니 정말 감사드립니다."

"내가 주고 싶은 것은 러시아연방 영웅훈장인데, 외국인
에게 줄 수 없다는 게 무척 안타깝습니다."

옐친 대통령의 솔직한 심정이었다. 그가 말한 러시아연
방 영웅훈장은 최고의 훈장이었다.

"저는 우정훈장으로도 크게 만족하고 자랑스럽습니다.
많은 신경 써주시는 것만으로 감사하게 생각하고 있습니
다."

"내가 이래서 강태수 대표를 좋아하지 않을 수가 없습니
다. 러시아에서 마음껏 뜻을 펼치시고 사업을 하십시오, 내
가 지원할 수 있는 것은 다 해줄 테니까."

옐친 대통령의 말을 듣고 있는 주변 인물들은 당연하다
는 반응이었다.

그도 그럴 것이 러시아에서 나처럼 적극적으로 투자와 사업을 펼치는 외국 기업은 없었다.

티토브 정과의 약속 때문에라도 연해주에 고려인을 위한 학교와 병원을 짓고 있었다.

현재 소비에트연방의 붕괴로 독립한 우즈베키스탄과 카자흐스탄에는 많은 고려인이 살고 있다.

이들은 원래의 고향인 연해주로 돌아가려는 움직임을 보였고, 난 그들을 위해서 이주를 돕는 단체를 만들어 지원하고 있었다.

우즈베키스탄과 카자흐스탄뿐만 아니라 현재 러시아 전역에는 대략 40만 명의 고려인이 있다.

또한 모스크바시의 고아들을 위해 기부했던 1백만 달러는 러시아에 큰 반향을 일으켰다.

연일 러시아 언론에서는 기부와 관련된 호의적인 기사를 내보냈고, 여러모로 나에 대한 신뢰와 존경이 더욱 올라가고 있었다.

'지금이 기회겠지.'

"드릴 말씀이 있는데 잠시 시간을 내주실 수 있으십니까?"

내 말에 옐친이 세르게이 비서실장을 쳐다보았다.

"30분 정도 시간적인 여유가 있습니다."

세르게이는 옐친에게 말했다. 오늘 러시아를 방문한 헬무트 콜 독일 총리와 회담이 있었다.

"그럼 자리를 옮깁시다."

나는 옐친 대통령의 뒤를 따르며 훈장 수여식에 참석한 사람들에게 간략한 인사를 건넸다.

인사를 나누는 정부관계자마다 나와 별도로 만나자는 말을 빼놓지 않았다.

한국 측 인사들은 옐친 대통령을 따라나서는 나의 모습을 부러운 눈으로 바로 보고 있었다.


옐친 대통령과 나눌 이야기는 두 가지였다.

하나는 국영 석유회사인 노바테크 인수에 관한 이야기와 러시아에서 생산되는 다이아몬드를 독자적으로 판매하기 위한 회사 설립 문제였다.

현재 대부분의 다이아몬드는 세계적인 다이아몬드 생산업체인 드비어스사에 의해서 판매되고 공급량이 조절되고 있다.

드비어스는 세계 전체의 다이아몬드 원석 공급 물량의 80%를 런던에 위치한 판매회사인 CSO(Central Selling Organization)를 통하여 판매하고 있다.

1889년에 창설된 드비어스사는 일종의 다이아몬드 생산

자조합으로, 남아프리카공화국을 비롯하여 전 세계의 다이아몬드 원석의 85% 이상을 수집하여 도매상에 공급하면서 가격과 물량을 조절하는 기능을 담당하고 있다.

이를 위해 드비어스사는 40~50억 달러 상당의 다이아몬드를 비축한 상태에서 호황으로 시장에서 수요가 증대하면 다이아몬드의 공급을 늘리고, 불황으로 가격 폭락 조짐이 보이면 다이아몬드의 공급을 줄이는 방식으로 수급을 조절한다.

드비어스는 시장에 공급하는 물량을 마음대로 조정하여 가격을 설정하는 민간부문의 대표적인 카르텔이다.

세계 4대 다이아몬드 생산국인 러시아는 세계에서 두 번째로 큰 다이아몬드 공급처이며, 전 세계 다이아몬드의 약 5분의 1을 생산하고 있다.

러시아는 1963년 처음으로 드비어스와 계약을 맺고 러시아에서 생산되는 다이아몬드의 95%를 공급하고 그 대가로 러시아는 연간 10억 달러 상당의 자금을 받아왔다.

러시아는 드비어스사와의 계약을 통해서 생산량의 5%만 독자적으로 판매할 수 있었다.

하지만 외화가 절대적으로 필요한 러시아에서는 드비어스에 생산된 다이아몬드를 제공하는 것보다 러시아가 나서서 직접 시장에 다이아몬드를 공급하고 싶어 했다.

옐친 대통령과 나는 누구도 배석하지 않은 채 단둘이 대화할 수 있었다.

옐친이 나를 신뢰하지 않는다면 할 수 없는 일이었다.

"강태수 대표의 말이라면 내가 경청해서 듣겠소이다."

"감사합니다. 두 가지 드릴 말씀이 있습니다. 우선은 저희 룩오일이 노바테크를 인수하고 싶습니다."

룩오일에는 옐친의 통치자금 일부가 투자된 상태이며 그의 둘째 딸인 타냐가 지분을 소유하고 있었다.

"음, 노바테크라……. 그 회사는 그다지 매력적인 회사가 아니지 않소이까?"

옐친도 노바테크에 대해 알고 있었다.

러시아 국영기업들의 민영화는 주로 체르노미르딘 연방총리와 쇼린 경제부총리가 주도했다.

"현재는 눈에 띄는 것이 없어 보이지만 미래에는 충분히 제 몫을 해낼 수 있는 기업입니다."

"그런가요?"

옐친은 쿠데타를 막아내고 러시아 공산당의 권력을 종식했다. 그는 시장자본주의를 더욱 확대했지만 사실 경제적인 분야에 대해서는 실책이 많았다.

체제전환 시기인 지금의 러시아는 GDP 하락 폭이

1929—32년에 발생한 대공황의 경제 하락보다 더 큰 수준이었다. 그래서 1992년 초 옐친 정부는 충격요법의 일환으로써 대대적인 가격자유화 정책을 시행했다.

사회보장적 측면을 고려하여 주요 생필품과 연료 및 공공서비스 부문에 대해서는 가격 상한선을 정했으며, 기타 품목에 대해서는 원칙적으로 가격자유화를 실시했다.

사적소유권(개인 또는 법인이 가진 소유권)의 도입과 더불어 시행된 가격자유화를 통해 개혁론자들은 러시아경제에서 상품부족난을 제거하려고 했다. 그러나 이 정책은 폭발적인 물가상승을 일으키면서 러시아인 대부분이 재정적 곤란을 경험하고 있었다.

"예. 하지만 민영화로 전환되는 국영기업리스트에 노바테크가 들어가지 않은 상태입니다. 노바테크을 인수하면 앞으로 룩오일이 더욱 발전할 수 있는 기틀이 될 것입니다."

룩오일이 커지고 발전하면 옐친 일가도 좋은 일이었다.

"알겠소이다, 쇼린에게 말해놓겠소. 다른 할 말은 무엇입니까?"

"다른 하나는 러시아에서 생산되는 다이아몬드를 제값을 받고 팔기 위한 회사를 러시아 정부와 함께 설립하고 싶습니다."

"그게 무슨 말입니까?"

옐친은 국제카르텔인 드비어스와 구소련과 체결된 다이아몬드 공급계약에 대해 알지 못했다.

"현재 러시아에서 생산되는 다이아몬드는 드비어스에 95%가 공급되어……."

나는 옐친에게 드비어스의 국제적인 위치와 구소련에 시절 사하(야쿠티아) 공화국에서 만들어진 기업, 알로사와의 계약을 말해주었다.

사하 공화국과의 계약은 다른 다이아몬드 생산지보다 헐값에 매겨진 계약이라는 것도 설명했다.

더구나 드비어스는 소비에트공화국이 해체되자 구소련과의 계약을 철회하고 직접 사하 공화국과의 계약을 진행했다.

그 결과 이전계약보다도 드비어스에 더 유리한 조건을 끌어냈다.

"음, 누구도 나에게 이러한 이야기를 해주지 않았소이다. 다들 러시아를 위한다고 하지만 자기 배를 불리기 위해 혈안이 될 뿐입니다."

옐친은 심각한 표정으로 탄식하듯 말했다.

러시아 국가재정에 도움이 될 수 있는 다이아몬드가 헐값에 팔려나가는 것은 정부관리와 지방정부의 욕심 때문이었다.

러시아의 경제악화는 조세수입의 감소와 그로 인한 정부 지출의 감소로 이어지면서 공무원과 군인의 임금과 연금 등의 연체가 빈번히 발생하면서 다시금 국가 기능의 감소 라는 악순환 고리에 빠져들고 있었다.

이 악순환의 고리로 인해 모든 러시아의 경제주체와 정부 관리들은 도덕적 해이 수준을 넘어 도덕적 불감증으로 발전했다. 생존과 탐욕을 위해 수단과 방법을 가리지 않았고, 조세포탈은 물론 국가재산의 분배 과정에서 적극적으로 불법적인 일을 저지르고 있었다.

알로사(Alrosa)는 러시아 정부 산하의 코크란(Gokhran, 러시아 재무부 산하 국가 귀금속 준비국)에서 관리한다.

그들은 이러한 현실을 옐친에게 제대로 보고하지 않았다. 그 이유 중에 하나는 드비어스에서 상당한 뇌물을 코크란에 뿌렸기 때문이었다.

"알로사를 탈바꿈해야만 합니다. 드비어스와의 계약을 무효화시키고 알로사를 민영화해 러시아가 주도적으로 시장에 제값을 받고 다이아몬드를 판매하는 것입니다. 제가 알로사에 투자하겠습니다."

내 말에 옐친은 고개를 끄덕이며 긍정적인 신호를 보냈다.

현재 알로사의 지분은 러시아 정부가 56%, 러시아 최대 다이아몬드 광산이 있는 사하공화국이 25%를, 야쿠츠크 주가 9%, 그리고 알로사의 직원들과 기타법인이 나머지를 소유하고 있었다.

옐친 대통령은 나에게 언제든지 연락하라는 말과 함께 자리를 떠났다.

그는 내가 이야기한 두 가지 요구 사항을 모두 수용했다.

조만간 노바테크와 알로사에 대한 조치가 러시아 정부에서 단행될 것이다. 그러기 위해서는 모로코의 페즈은행에 잠자고 있는 5억 7천만 달러가 필요했다.

나는 다음 날 곧바로 모로코로 떠나기로 했다.

모로코는 아프리카 대륙 북서쪽 끝에 자리 잡고 있는 사회민주주의 입헌군주국으로 알제리, 모리타니, 스페인과 국경을 접하고 있다.

카사블랑카에도 페즈은행이 있었지만, 계좌 개설이 이루어진 마라케시에서 돈을 찾기로 했다. 그것이 시간이 덜 소요된다는 판단에서였다. 같은 은행이라도 지점이 다르면 복잡한 절차를 거쳐야만 했다.

5억 7천만 달러를 현금으로 찾을 수 없었기에 페즈은행에서 수표로 돈을 찾은 후, 스위스은행인 취르허방크와 계약을 맺고 있는 카사블랑카에 본점이 있는 티자리와파 은행에 다시 돈을 입금하는 방법을 취할 계획이다.

취르허방크는 내가 소유한 소빈뱅크와도 업무협약을 맺고 있는 은행으로, 러시아로 돈을 안전하게 송금 받는 데에 전혀 문제가 되지 않는다.

이런 복잡한 방법을 쓰는 것은 혹시 모를 자금 추적을 차단하기 위한 것이었다.

취르허방크는 어떤 상황에서도 고객의 정보를 철저히 보호한다.

모로코 현지에는 김만철과 티토브 정만 동행하기로 했다. 많은 인원은 사람들의 눈에 띄기 쉬웠다.

모스크바에서 모로코의 카사블랑카로 직접 가는 비행기는 없었다.

프랑스의 파리나 터키의 이스탄불을 거쳐 가는 두 가지 방법을 취해야 했다.

우린 모스크바공항에서 터키의 이스탄불을 거쳐 카사블랑카로 향하는 비행기에 올랐다.

"이번엔 아프리카라… 왠지 모로코는 뭔가 느낌이 다르게 다가옵니다."

김만철은 뭔가 잔뜩 기대하는 눈치였다.

"놀러 가는 것 아닙니다. 일을 빨리 처리하고 모스크바로 다시 돌아와야 합니다."

"그래도 일이 일찍 끝나면 관광도 좀 해야지 않겠습니까? 멀리 가는데 말입니다."

김만철은 영화 카사블랑카를 무척 재미있게 보아서인지 모로코에 대해 기대를 하고 있었다.

나 또한 험프리 보가트와 잉그리드 버그만 주연의 로맨스 영화 카사블랑카를 감동적으로 보았었다.

"알겠습니다. 일찍 끝나면 하루 정도 관광지를 돌아보지요."

"어허! 대표님이 이리 쉽게 결정하시는 분이 아니신데……. 혹시 제 말을 기다리신 것 아닙니까?"

사실 나 또한 모로코까지 가서 그냥 일만 처리하고 오기는 싫었다.

"싫으면 없던 거로 하겠습니다."

"아닙니다. 돈만 찾으면 되는 일이 아닙니까."

김만철은 손사래를 치며 말했다. 그의 말처럼 페즈 은행에서 돈을 찾아 카사블랑카에 있는 티자리와파 은행에 입금만 하면 된다.

어떻게 보면 단순한 일이었다.

티토브 정은 언제나 그렇듯이 나와 김만철이 티격태격하는 모습을 조용히 지켜보고 있었다.

다행인 것은 티토브 정이 아랍어를 할 수 있다는 것이다.

상당 기간 중동에서의 임무 수행을 했던 그는 자연스럽게 아랍어를 익히게 되었고 현지인처럼은 아니지만, 충분히 의사소통은 가능했다.

**Chapter 8**

　해가 지기 시작한 어스름한 저녁때 비행기에 올라탄 나
는 그동안의 피곤함에 곧바로 머리를 비행기 의자에 기대
었다.

　일등석 좌석이었지만 언제나 긴 비행시간은 피곤했다.

　러시아에 운영하는 회사들이 안정되면 전용 비행기를 사
들일 생각을 하고 있었다.

　14시간이 넘는 긴 비행 끝에 우리는 카사블랑카에 도착
했다.

　카사블랑카는 모로코에 가장 큰 상업도시다.

세계 각지에서 많은 관광객이 입국해서인지 카사블랑카 공항의 입국 절차는 간단했다.

"날씨가 생각보다 덥지가 않습니다."

김만철이 말처럼 날씨는 무덥지가 않았다. 사하라사막이 품고 있는 나라라 날씨가 더울 줄로만 알았지만, 여름철 평균 온도가 28도였다.

"그러게요. 움직이기 좋은 날씨입니다. 우선 배부터 채울까요?"

"그러시지요. 저도 배가 무척 고픕니다."

나와 김만철은 비행기 기내식으로 나온 음식이 입맛에 맞지 않아서 많이 먹지 못했다. 하지만 티토브 정은 우리와 달리 내가 남긴 기내식까지 말끔히 해치웠다.

우리는 공항 근처에서 얼마 떨어지지 않는 곳에 있는 음식점으로 들어갔다.

점심때가 아닌 오전 시간대라서인지 사람들은 우리뿐이었다.

종업원이 가져온 메뉴판은 영어가 아닌 불어와 아랍어로 되어 있었다. 모로코가 프랑스의 식민지였던 시절의 영향이었다.

티토브 정은 능숙하게 우리가 먹을 만한 음식을 주문했다.

쿠스쿠스와 타진이라는 모로코 전통요리였다.

쿠스쿠스는 삶은 호박과 양배추, 당근 등의 채소와 부드러운 고기를 넣어 찐 음식으로 재료들이 어우러지면서 만들어내는 쫀득함과 풍요로움이 일품인 요리였다.

타진은 점토로 구워 만든 오목한 전통 도자기 그릇에 닭, 양, 쇠고기, 생선 등과 각종 채소를 넣고 돔이나 원뿔 같은 고깔 모양의 뚜껑을 덮어 고아 만든 요리였다.

"정 과장이 아랍어를 하니까 정말 편하네."

김만철의 말처럼 티토브 정이 없었다면 모로코 방문이 좀 더 늦어졌을 것이다.

"저도 다른 면으로 대표님을 돕게 되어 기쁩니다."

티토브 정은 자신이 요구했던 것 이상으로 러시아의 고려인들에게 신경을 써주자 이제는 온전히 태수를 따랐다.

"별말씀을요. 다른 걸 떠나서 정 과장님이 제 옆에 있는 것만으로 무척 힘이 납니다."

"어허! 그런 말씀을 하면 저는 아무 도움이 안 되는 것입니까? 요새 너무 정 과장만 끼고도시는 것 같습니다."

김만철이 내 말에 퉁명스럽게 대꾸했다.

"하하하! 김 과장님은 저와 평생 함께하실 분이 아닙니까? 물론 정 과장님도 마찬가지고요. 그런 분이 이런 일로 질투를 하시면 안 되시죠."

"평생 옆에 두고 부려 먹으시려고요?"

"그럼 안 됩니까? 제가 아니었으면 김 과장님은 이 자리에 계시지도 않았을 텐데요."

내가 아니었다면 김만철은 북한의 안동식에게 목숨을 잃어버렸을 것이다.

"허! 그게 발목을 잡네. 알겠습니다, 제가 앞으로 쭉~욱 머슴으로 살지요."

"머슴이라니요? 누가 들으면 오해합니다. 회사원으로 월급을 받고 당당히 일하시는 것이지요."

"예, 예. 제가 말을 잘못 꺼냈습니다."

"하하하! 지금까지 두 분께서 티격태격하서도 김 과장님이 대표님을 이긴 적을 본 적이 없네요. 이제 그만두실 때도 되지 않으셨습니까?"

이를 드러내며 크게 웃는 티토브 정은 김만철에게 타이르듯이 말했다.

"앞으로 그건 모르는 일이야. 언젠간 역전할 상황이 반드시 온다고."

김만철의 말에 난 그저 웃을 뿐이었다.

티토브 정이 시킨 요리는 정말 맛이 있었다. 특히나 향신료가 적당하게 들어간 양고기 요리는 기대 이상이었다.

만족스러운 식사를 끝낸 우리는 곧장 카사블랑카의 중앙

역으로 향했다.

마라케시까지는 기차로 이동해야만 한다.

일등석 표를 끊고서 마라케시로 향하는 기차에 올라탔다. 기차 안에는 사하라사막의 시발점인 마라케시로 관광을 가는 외국인들이 많았다.

카사블랑카를 벗어나자 녹음이 짙은 평원이 눈에 들어오기 시작했다.

푸른 하늘 사이로 내리비치는 따사로운 햇살이 차창을 뚫고서 온몸을 감싸 안았다.

두 사람은 비행기에서 잠을 제대로 자지 못했는지 기차가 출발하자마자 잠에 곯아떨어졌다.

'후후! 모로코까지 오게 되다니.'

녹색평원을 지나자 나무하나 없는 이국적인 구릉지대가 펼쳐졌다.

"나도 나무 하나 없는 곳에서 시작했는데……."

이제는 한국은 물론이고 러시아와 중국 그리고 미국까지 사업 영역을 확대하고 있었다.

러시아의 사업은 이미 중소기업의 형태가 아니었다.

러시아에서 가장 핵심이 될 수 있는 금융과 에너지 사업을 손에 넣었다.

거기에 다이아몬드 원석까지 추가된다면 이제는 거대기

업군이라고 볼 수 있었다.

앞으로 이 회사들을 안정적으로 성장시켜 나간다면 10년 안에 세계적인 기업으로 단숨에 부상할 것이다. 아니 어쩌면 더 빠를 수도 있다.

권력과 돈이 생기면서 이전에는 불가능하다고 여겨졌던 일들이 아무렇지 않게 이루어지고 있었다.

'너무 욕심을 부리고 있는 것인가?

요즘 들어 가끔 나를 향해 던지는 물음이었다. 아직은 그에 대한 대답을 찾지 못하고 있었다.

마라케시역에 도착한 것은 늦은 오후가 되어서였다.

시간상 은행 문을 곧 닫을 시간이었지만 카사블랑카를 떠나기 전 페즈은행에 연락을 취해놓았다.

마라케시역에서 택시를 타고 우리는 곧장 페즈은행으로 향했다.

페즈은행이 위치한 곳은 마라케시의 중심으로 종일 인파로 북적이는 자마 엘프나 광장 근처였다.

자마 엘프나 광장 쪽으로 접근할수록 짐을 실은 마차와 수레를 끄는 말은 물론 현지인과 관광객으로 북새통을 이루고 있었다.

택시는 이런 혼잡함을 아랑곳하지 않고서 목적지를 향해

천천히 움직였다.

성격이 느긋한 것인지 택시 기사는 몇 번이고 길을 막아서는 마차가 있어도 경적을 울리지 않았다.

페즈은행은 자마 엘프나 광장의 동쪽에 자리 잡고 있었다.

3층 건물로 되어 있는 페즈은행은 마라케시에서는 그나마 현대식 건물이었다.

입구에는 권총으로 무장한 경비원이 서 있었다.

은행이 업무를 마치 때가 되어서인지 우리가 은행으로 들어가려 하자 경비원이 앞을 막아섰다.

"은행 업무가 종료되었습니다. 내일 다시 오시기 바랍니다."

"카사블랑카에서 온 사람들입니다."

티토브 정이 아랍어로 말을 하자 경비원은 지시를 받았는지 바로 태도가 달라졌다.

"이쪽으로 오십시오."

경비원은 친절한 태도로 우리를 3층으로 안내했다. 3층에 은행장실이 있었다.

은행장실로 들어서자 콧수염을 기른 오십 대로 보이는 은행장이 우리를 반갑게 맞아주었다.

아부엘카셈이라고 자신을 소개한 은행장은 예금 인출에

관련된 서류의 작성을 시작했다.

그는 영어를 할 줄 알았다.

"계좌번호와 비밀번호를 여기에 기재해 주십시오."

은행장의 말에 그가 내민 서류에다가 제임스가 건넸던 계좌번호와 비밀번호를 적었다.

아부엘카셈은 자신의 뒤편에 있는 작은 금고에서 한 서류를 꺼내 들고는 내가 기재한 계좌번호와 비밀번호가 맞는지를 확인했다.

"모두 일치합니다. 돈을 어떤 방식으로 지급해 드릴까요? 현금으로 준비하려면 며칠은 시간을 주셔야 합니다."

페즈은행은 5억 7천만 달러를 현금으로 갖고 있지 않았다. 모로코 중앙은행에서 현금을 받아와야만 했다.

"수표로 지급해 주십시오."

"그건 바로 가능합니다. 저희 수표는 모로코의 있는 어느 은행을 가서도 현금 지급이 가능합니다."

은행장이 자신 있게 말하면서 책상 앞에 놓인 수화기를 들어 누군가를 불렀다.

잠시 뒤 직원으로 보이는 인물이 자물쇠로 잠긴 상자를 들고 왔다.

은행장이 자신의 허리춤에 차고 열쇠 중 하나를 꺼내어 열었다.

상자에는 페즈은행에서 사용하는 고액수표가 들어 있었다.

은행장은 다시금 뒤쪽 금고에서 수표에 찍을 도장들을 꺼내놓았다. 수표의 앞뒤로 총 다섯 개의 크고 작은 도장이 찍혔다.

도장은 정교한 문양들이 새겨져 있었고 특수 잉크를 사용했다. 고액 수표는 정해진 위치에 맞는 도장을 찍어야 했고 그 위치는 은행장만이 알고 있었다.

그러고는 모로코의 수도인 라바트에 있는 페즈은행 본점에 연락하여 수표에 기재할 수표번호를 발급받았다.

모두가 수표 도용을 방지하기 위한 절차였다.

"여기 있습니다. 한번 확인해 보시지요."

은행장이 건넨 수표에는 정확히 5억 7천만 달러가 적혀 있었다.

"맞습니다."

"아셔야 할게, 일정 금액 이상의 고액 수표는 한 달에 단 한 번만 발급합니다. 다시 발급을 원하신다면 다음 달에나 가능합니다. 그리고 만약 수표를 분실하셨을 경우에는 늦어도 3일 안에는 연락을 주서야 합니다. 그 이후에는 저희 은행은 발급한 수표에 대해 책임을 지지 않습니다."

"알겠습니다."

이렇게 강태수가 일련의 과정을 마치고 페즈은행을 떠났을 때쯤, 페즈은행의 직원 하나가 어디론가 조심스럽게 전화를 걸고 있었다.

*　　　*　　　*

카사블랑카행 기차가 이미 끊겼기 때문에 오늘은 마라케시에서 하룻밤을 묵어야만 했다.

우리는 그나마 깨끗해 보이는 한 호텔에 방을 잡았다.

다행히 호텔에는 가장 큰 방이 남아 있었다.

한국에 있는 호텔과 같은 시설은 아니었지만, 하룻밤을 보내기에는 충분했다.

3층에 자리 잡은 방에선 자마 엘프나 광장이 한눈에 들어왔다.

광장에 어둠을 밝히는 빛이 하나둘 들어오면서 음식을 파는 노점들이 문을 열고 있었다.

생각 같아서는 노점들에서 파는 음식도 맛보고 술도 한잔하고 싶었지만, 수표 때문에 움직일 수가 없었다.

모로코는 이슬람 국가이지만 개방적인 나라라 그런지 술을 마실 수 있었다. 하지만 술을 파는 곳을 찾기는 쉽지 않왔다.

길거리 음식점에서도 술을 파는 곳은 없었다.

저녁 식사는 호텔에서 제공하는 음식으로 때우기로 했다.

수표를 카사블랑카에 있는 티자리와파 은행에 입금한 후에야 마음 놓고 모로코를 즐길 수 있을 것이다.

"이것 돈이 한두 푼도 아니니 쉽게 움직일 수 없고… 이런 날은 실컷 술을 마셔야 하는데 말이야."

김만철이 못내 아쉬운지 자마 엘프나 광장을 바라보며 말했다.

과거의 모습과 흔적이 고스란히 남아 있는 마라케시의 저녁 풍경은 무척이나 이국적이고 아름다웠다.

"내일은 원 없이 즐기실 수 있을 것입니다. 카사블랑카에는 멋진 곳이 많으니까요."

"한데 제임스가 그 많은 돈을 왜 대표님에게 건넸을까요?"

김만철이 궁금한 듯 내게 물어왔다.

"그건 저도 잘 모르겠습니다. 노바테크를 인수하라고는 했지만 정확한 의미는 당사자만이 알고 있었겠죠. 이젠 제임스의 속내를 전혀 알 수 없게 되었지만요."

"제임스가 어떤 인물이었는지 무척 궁금합니다. 대표님

에게 이중적이 모습을 보였다는 것은⋯⋯."

두 사람은 제임스를 보지 못했고 나를 통해서 알게 되었기에 어떤 사람인지 궁금해하곤 했다.

그때였다. 여러 명이 조심스럽게 움직이는 소리가 어렴풋이 들렸다.

티토브 정도 말을 다 끝내지 못한 채 조용히 입술에 손을 가져갔다.

김만철도 무언가를 느꼈는지 문 쪽으로 재빨리 이동해 방문을 잠갔다.

나는 호텔 뒤쪽으로 나 있는 창가로 향했다. 밖을 보니 지프 2대가 호텔 뒷문을 감시하듯이 막아서고 있었다.

똑똑!

그때 문을 두드리는 소리가 들렸다.

"식사를 가져왔습니다."

호텔에 저녁 식사를 주문했었지만 방으로 식사를 가져오는 시간이 너무 빨랐다.

"잠시만요."

우리 세 사람은 서로에게 수신호를 하며 각자 자리를 잡았다.

나는 호텔 방에 있던 찻잔을 집어 들어 던질 준비를 하였다. 김만철은 문 옆에 바짝 붙었고 티토브 정은 문 위쪽의 기둥 위로 순식간에 올라섰다.

김만철은 문의 잠금장치를 풀었다.

"들어오세요."

티토브 정의 말이 떨어지자마자 문이 열렸다.

그 순간 호텔 직원으로 보이는 인물이 옆으로 비켜나며 낯선 인물 네 명이 방 안으로 들이닥쳤다.

퍽!

그와 동시에 내가 던진 찻잔이 정확하게 제일 먼저 방 안으로 들어서는 인물의 이마에 그대로 명중했다.

"악!"

사내는 곧장 얼굴을 숙이며 고통스러워했다.

그때를 발맞추어 김만철과 티토브 정이 동시에 움직였다. 두 사람의 움직임은 무척이나 간결하고 빨랐다.

헉!

큭! 컥!

방 안으로 들어선 사내들의 급소만을 정확하게 가격했다.

나 또한 들고 있던 다른 찻잔을 맨 뒤에서 따라 들어오던 또 다른 사내에게 던졌다.

퍽!

"아악!"

이번에는 찻잔이 사내의 왼쪽 눈에 명중한 것 같았다. 눈을 부여잡은 사내는 그대로 무릎을 꿇고 괴로워했다.

그리고 김만철과 티토브 정의 공격에 사내는 그대로 정신을 잃었다.


방 안에 들어온 4명 중 2명만이 권총을 지니고 있었고 나머지는 칼을 소유하고 있었다.

이들은 우리를 평범한 인물들로 생각한 것 같았다. 더구나 방 안으로 들이닥친 네 명의 움직임은 체계적으로 훈련된 모습이 아니었다.

쓰러진 자들에게서 총을 회수하는 순간, 창가 쪽에서 한 인물이 총을 들고서 방 안으로 들어서려고 했다.

옆 객실을 통해서 건너온 것 같았다.

탕!

큭!

하지만 김만철이 먼저 몸을 앞쪽으로 날리며 권총을 발사했다. 사내는 그대로 가슴을 부여잡으며 3층 아래로 떨어졌다.

쿵!

타타다탕!

그게 신호가 된 듯 문 입구에 총알 세례가 쏟아졌다. 계단에서 대기하고 있던 인물이 자동소총을 쏜 것이다.

쿵!

문을 다시 닫은 우리는 뒤쪽 발코니로 향했다. 총소리가 들리자 아래에서 대기하고 있던 인물들 모두가 호텔로 올라간 상태였다.

3층 높이였지만 아래에 아무도 없는 것을 확인한 순간, 우리는 그대로 지프 위로 뛰어내렸다.

쿵! 쿵!

지프에는 자동차 키가 그대로 꽂혀 있었다.

티토브 정이 추격을 막기 위해 뒤쪽에 있는 지프의 바퀴에 총을 쏘았다.

부룽부룽!

타타탕탕!

김만철이 지프에 시동을 거는 순간 위쪽에서 총알이 날아들었다.

"빨리!"

김만철이 티포브 정에게 차에 타라는 손짓과 함께 지프를 앞쪽으로 움직였다.

총알이 지프의 지붕을 뚫고 날아들었기 때문이다.

스토브 정이 지프에 올라타는 순간 지프는 좁은 길을 그대로 질주하기 시작했다.

그때 뒤쪽에서 고함 소리가 들려왔다. 그런데 이상한 것은 아랍어만이 들린 게 아니란 것이다.

들려오는 고함에는 스페인어도 섞여 있었다.


모로코에는 콜롬비아 마약 조직이 진출해 있었다.

미국에서 빠르게 시장을 잃고 있는 콜롬비아 조직이 새 돌파구를 유럽 쪽에서 찾았고, 모로코를 그 거점으로 삼은 것이다.

모로코에서 유럽대륙까지는 지브롤터해협의 가장 가까운 거리로 따질 경우에 불과 14km밖에 떨어져 있지 않았다.

옛날부터 모로코는 아프리카인들이 유럽으로 건너가는 거점지역으로 활용됐다.

이곳에서 가장 활발하게 사업을 벌이는 조직은 오초아 형제들이 이끄는 메데인 카르텔이다.

콜롬비아 조직은 3~4년간 수만 킬로그램에 이르는 코카인을 모로코로 들여와 유럽에 공급하고 있었다.

이런 마약 밀매를 모로코 정부는 알면서도 묵인하고 있었다. 마약 밀매와 관련된 이권과 떡고물이 적지 않았기 때문이다.

이 때문인지 모로코 북부의 중심 도시인 탕헤르에서는 마약밀매로 인해 마약 경기가 일어나 빌딩 신축 붐이 일어났고 고급 소비재가 유럽에서 대량으로 유입되고 있었다.

"방금 스페인어가 아니었습니까?"

나는 티토브 정에게 물었다.

"맞습니다! 아랍어만이 아니었습니다."

티토브 정도 들었다.

"아니, 스페인어를 쓰는 놈들은 누구길래 우리를 습격한 거지?"

운전대를 잡고 있는 김만철이 우리 이야기를 듣고 말했다.

"수표 때문인 것은 분명합니다."

"우리가 은행에서 돈을 찾았다는 것을 알고 있다는 말인데."

김만철은 내 말에 동조하듯 고개를 끄떡이며 말했다.

"이거 어디가 어딘지를 모르니……."

좁은 길은 어디로 연결되는지 알 수 없을 정도로 복잡했다.

그때였다.

탕! 탕!

총소리가 들리며 오른쪽 길에서 검은색 지프가 나타나며 총을 쏘았다.

따라붙는 차를 떼어내려고 해도 좁은 길과 함께 길을 막아선 사람들 때문에 힘들었다.

빵·빵!

김만철은 신경질적으로 자동차 경적을 울리며 내달렸다.

탕! 타탕!

뒤쪽 지프에서는 아랑곳하지 않고 우리를 향해 총을 쏘았다. 다행히 그 때문에 사람들이 혼비백산하며 길에서 비켜났다.

사람들은 비켜났지만 끌고 가던 수레는 그대로 내버려뒀다.

쿵! 콰직!

지금은 차를 멈출 수가 없었다. 길을 막아선 방해물들을 그대로 밀어붙이면서 내달렸다.

탕! 탕!

티토브 정도 총을 뒤따르는 지프를 향해 총을 쏘았지만 심하게 흔들거리는 차 때문에 정확하게 쏠 수가 없었다.

"이런 썅!"

김만철은 신경질적인 말투를 뱉었다.

길 앞쪽에서 트럭이 짐을 내리기 위해서 멈춰져 있었다.

"꽉 잡으라우!"

김만철의 말과 함께 지프는 그대로 속력을 올리며 핸들

을 왼쪽으로 꺾었다. 그곳에는 조금 허술해 보이는 가건물 형태의 창고가 있었다.

지프는 그대로 창고로 밀고 들어갔다.

쾅! 우지직!

차제가 찌그러지는 소리와 함께 심하게 좌우로 흔들리더니 지프의 양쪽 백미러가 떨어져 나갔다.

차는 멈추지 않고 계속해서 창고를 뚫고 나갔다.

끼이익!

쿵!

하지만 뒤따라오던 검은색 지프는 그대로 트럭과 충돌했다.

정말이지 정신이 하나도 없었다.

창고를 뚫고 나오자 곧바로 자마 엘프나 광장이 눈에 들어왔다.

그때 지프의 엔진 쪽에서 흰색 연기가 피어오르며 속도가 떨어져 갔다.

지프는 200m 정도 더 달리다 그대로 퍼져 버렸다.

우리는 차에서 내려 마라케시를 벗어날 방법을 찾기로 했다.

문제는 외부로 나가는 기차와 버스가 모두 끊긴 상황이란 점이다.

우리는 중심가에서 벗어난 한 식당에 들어가 해결 방안을 논의했다.

"분명 우리를 노리는 놈들이 기차역과 터미널을 지키고 있을 것입니다. 한데 그놈들이 제임스와 연관된 놈들일까요?"

김만철이 주문한 요리를 먹으며 말했다.

'뭔가 허술해. 제임스와 연관된 조직이라면 이런 식으로 습격하지는 않을 텐데.'

"그건 저도 잘 모르겠습니다. 한 가지 확실한 것은 제가 지닌 수표를 노린다는 것이지요."

"한데 놈들이 대표님이 수표를 지녔다는 것을 어떻게 알았을까요?"

김만철의 말에 제임스와 연관된 조직이 아니라는 확신이 들었다.

"페즈은행 관계자가 정보를 주었을 것입니다. 수표를 받은 날 바로 놈들이 습격을 해왔다는 점이 그걸 말해줍니다. 그리고 제임스나 그가 속한 조직은 저를 원했지 돈이 목적이 아니었습니다. 아마 습격한 놈들은 이곳에서 활동하는 범죄 조직인 것 같습니다."

"쉽게 포기할 놈들이 아닌 것 같던데."

김만철의 말처럼 놈들이 내가 얼마짜리 수표를 지니고

있는지 알고 있다면 절대 포기하지 않을 것이다.

5억 7천만 달러는 그 누구도 쉽게 만져 볼 수 없는 돈이었다.

Chapter 9

　자마 엘프나 광장에서 얼마 떨어지지 않은 건물에 십여 명의 남자가 모여 있었다.

　"다 잡은 고기를 놓치다니. 놈들이 마라케시를 빠져나가면 모든 게 끝이오."

　신경질적으로 이야기하는 인물은 다름 아닌 마라케시 페즈은행의 은행장이었다.

　"평범한 자들이 아니었소. 놈들은 아직 마라케시를 벗어나지 못했소."

　은행장의 말에 대꾸하는 인물은 마라케시에서 가장 큰

범죄 조직인 헤스바를 이끄는 무하마드였다.

"자그마치 5억 7천만 달러요."

"알고 있소. 그래서 메데인 놈들도 끌어들인 것이오. 놈들에게 당한 것으로 꾸미려고 말이오."

외국인을 살해하는 것은 모로코에서 큰 문제가 되는 일이었다. 자칫하면 경찰에게 집요한 추적을 받을 수 있었다.

"놈들에게는 사실대로 이야기하지 않았겠지요?"

"물론이오. 놈들에게는 천만 달러짜리 수표라고 말해두었소. 놈들의 몫으로 5백만 달러만 내어주면 끝나는 일이오."

무하마드는 메데인 카르텔에게 수표의 50%를 주기로 약속했다.

"그건 잘하셨소. 오늘 밤 안으로 끝내야 합니다. 놈들이 외부에 연락을 취해 도움을 요청하면 일이 힘들어집니다."

"모든 인원을 동원해서 마라케시를 이 잡듯 뒤지고 있소. 더구나 사망자가 두 명이나 나온 메데인 놈들이 혈안이 되어 찾고 있으니까. 조만간 소식이 올 것이오."

무하마드는 어린아이들까지 동원해서 우리를 찾고 있었다. 마라케시에서 동양인 남자 3명이 함께 다니는 것은 흔한 일은 아니었기 때문이다.

더구나 메데인 카르텔도 조직원이 사망하자 타 도시의 인원들까지 불러들였다.

이 때문에 마라케시를 방문한 동양인 남자들이 곤욕을 치르고 있었다. 길을 가던 동양 남자들을 다짜고짜 붙잡고 얼굴을 확인했던 것이다.

콜롬비아인과 모로코인들은 동양 사람을 쉽게 구별하지 못해 소동은 더 커져만 갔다.

＊　　　＊　　　＊

늦은 식사를 마치고 마라케시를 벗어날 방법을 모색하고 있을 때, 모로코의 한 아이가 식당 안으로 들어와 우리에게 영어로 말을 걸어왔다.

초등학교 3~4학년 정도 되어 보이는 아이였다.

"어디서 왔어요?"

"코리아."

아이의 물음에 나는 아무 생각 없이 웃으며 한국이라고 대답했다.

"한국 최고!"

아이는 내 대답에 엄지를 치켜들며 환하게 웃으면서 다시 밖으로 나갔다.

"싱거운 놈이네."

김만철은 밖으로 나가는 아이를 보고 말했다.

"우선은 차와 이 지역의 지도를 구해야겠습니다."

"가지고 있는 현금은 충분하니까 현지인에게 중고차를 구매하지요."

티토브 정의 말에 대답할 때였다.

"놈들에게 발각된 것 같습니다."

창밖을 살피던 김만철의 말이었다.

그의 말에 창문으로 다가가 밖을 보았다.

밖으로 나갔던 아이가 한 무리의 사내들에게 손으로 식당 쪽을 가리키고 있는 모습이 눈에 들어왔다.

사내들은 곧장 우리가 앉아 있는 식당으로 걸어왔다. 한눈에 보아도 평범한 인물들이 아니었다.

"이곳에 뒷문이 있습니까?"

티토브 정이 십 달러짜리 지폐를 보여주며 주인에게 급하게 물었다.

"뒷문은 없지만 옥상으로 올라가면 옆집으로 넘어갈 수 있습니다. 뒤편으로 나가면 화장실 옆에 사다리가 있습니다."

콧수염을 멋지게 기른 식당 주인의 말에 티토브 정은 십 달러를 손에 쥐여 주었다.

식당 주인이 말한 곳에는 그의 말대로 사다리가 놓여 있었다. 우리가 사다리를 타고 옥상으로 올라갈 때쯤 식당 안에서 집기들이 부서지는 소리가 들렸다.

그러고는 뒤편 문이 열리며 서너 명의 인물이 자동소총과 권총을 들고서 나타났다.

그때는 이미 사다리까지 옥상으로 올린 상태였다.

우리가 옥상으로 올라간 것을 확인한 인물들이 고함을 지르며 식당 밖으로 다시 몰려나갔다.

그들이 식당 밖으로 나가 주변을 살필 때쯤 이미 우리는 식당에서 30m 떨어진 곳에 있었다.

주변 건물들 대부분이 2층으로 되어 있어 쉽게 건물들을 타고 넘을 수 있었다.

"이젠 아이도 못 믿겠네."

김만철이 어이가 없다는 투로 말했다.

"어떤 범죄 조직인지는 모르겠지만, 이곳에서의 영향력이 상당한 것 같습니다."

호텔에서 총격전 이후 우리를 1시간이 조금 넘어서 찾아냈다. 마라케시는 결코 작은 곳이 아니었기에 우리를 찾은 그들을 작은 조직으로는 볼 수 없었다.

"자동소총만 있었으면 단숨에 쓸어버렸을 텐데."

김만철의 말은 틀린 말이 아니었다. 그는 사격은 물론 게릴라 전투에 탁월한 능력을 발휘했다.

옐친을 구하기 위해 벌였던 노브이 아르바트 거리 전투에서 김만철은 티토브 정과 함께 구소련 내무부 소속 특수

부대를 혼란에 빠뜨렸었다.

"싸움은 될 수 있으면 피해야 합니다. 더 큰 문제가 일어나면 돈의 출처가 원치 않은 곳에 노출될 수 있습니다."

조용히 처리하는 게 여러모로 유리했다. 자칫 제임스가 속했던 조직에 알려질 염려가 있었다.

"쥐새끼처럼 피해 다녀야 하니까 기분이 영 내키지 않습니다."

"저도 같은 마음입니다만 이번만큼은 피해야 합니다."

그때 동쪽과 북쪽에서 십여 명의 인물들이 옥상으로 올라서고 있었다.

"대표님의 마음을 모르고 저놈들이 포기를 않네요."

우리를 추격하는 인물들은 건물을 옮겨가며 우리를 찾는 모습이었다.

"자리를 피하시지요."

우리는 그들을 피해 남쪽으로 이동했다. 다행인 것은 어둠을 밝히는 불빛이 건물들 옥상에는 없었다.

어둠에 익숙해진 우리는 빠르게 이동했다.

10분 정도 건물 옥상을 따라 이동하자 사람의 인적이 없는 한적한 길이 나왔다.

길가로 내려서려는 순간 낡은 승용차 두 대가 달려왔고 그중 한 대의 차량에서 3명의 인물이 차에서 내렸다.

그들 모두 자동소총을 소지하고 있었다.

나머지 한 대는 다른 방향으로 향했다.

"이쪽으로 놈들이 왔을 수도 있다."

우리를 추격하는 놈들은 이 지역의 지리에 밝아서인지 우리가 움직일 수 있는 방향을 파악한 것 같았다.

세 명의 인물은 주변을 수색하기 시작했다.

"저놈들의 차를 탈취해야겠습니다."

김만철의 말처럼 차에는 한 명만 남아 있었다. 그런데 승용차 쪽으로 접근하기가 쉽지가 않았다.

승용차가 있는 곳은 공터라 그쪽으로 이동하려면 몸이 다 노출될 수밖에 없었다.

자동소총으로 무장한 세 명이 주변에 있었기 때문에 더욱 어려웠다.

그때 승용차에 앉아 있던 인물이 밖으로 나와 담배를 피웠다.

"제가 저놈들을 유인하겠습니다. 저기 보이는 큰길에서 만나는 거로 하지요."

티토브 정이 가리킨 곳은 500m 정도 떨어진 도로였다. 말을 마친 티토브 정은 자리에서 일어나 아래쪽으로 소리가 나게 뛰었다.

"저기 있다!"

티토브 정의 움직임에 주변을 살피던 세 명도 함께 움직였다.

승용차 앞에서 담배를 피우던 인물도 재빨리 입에 물던 담배를 내던지고 차 안으로 들어갔다.

그러는 사이 나와 김만철은 옥상에서 내려와 승용차가 있는 쪽으로 빠르게 내달렸다.

승용차가 공터를 빠져나가려고 할 때 내가 두 팔을 벌려 승용차를 막아 세웠다.

끼이익!

승용차의 속력이 오르지 않았을 때라 차는 쉽게 내 앞에서 멈춰 섰다.

운전자는 차 문을 열고 나에게 알 수 없는 말로 고래고래 큰 소리를 질렀다.

그때 뒤쪽에서 달려온 김만철이 내 어깨를 짚고는 그대로 날아올라 운전자의 얼굴을 발로 가격했다.

나에게 정신이 팔려 있던 운전자는 김만철의 비호같은 공격을 피할 수가 없었다.

"컥!"

짧은 비명과 함께 운전자는 그대로 정신을 잃었다.

시동이 걸려 있는 승용차에 오른 우리는 티토브 정과 약속한 장소로 차를 몰았다.

요리조리 좁은 길을 지나쳐 도로 쪽으로 나가자 40m 앞에서 길을 막아선 지프 2대와 스카프로 얼굴을 가리고 자동소총을 든 6명의 남자를 볼 수 있었다.

그리고 그 앞을 지나려는 차량 두 대를 총으로 위협해 다시 돌아가게 하는 모습이 눈에 들어왔다.

"이런! 놈들이 아예 도로 쪽으로는 나갈 수 없게 막아버렸네."

김만철은 승용차를 멈춰 세우면서 말했다.

모로코는 치안이 형편없는 곳은 아니었다. 한데 총격전과 총소리가 난 지 몇 시간이 흘렀지만, 거리에서 경찰을 볼 수가 없었다.

"조용히 지나가긴 그른 것 같습니다. 이상하리만치 경찰들도 볼 수 없고요."

최대한 문제없이 사태를 해결하고 싶었지만 지금 상황에서는 힘이 들었다.

"이 차로는 지프를 뚫고 나갈 수 없을 것 같습니다."

지금 타고 있는 낡은 도요타 승용차는 10년은 족히 넘은 차량이었다.

아마도 중고로 모로코에 판매된 승용차 같았다.

도로까지는 나가야 마라케시를 벗어날 수 있었다.

"어쩌죠? 정면으로 부닥치기에는 역부족인 것 같은데요."

무기라고는 김만철이 들고 있는 권총이 전부였다.

"후! 총알은 탄창에 든 7발이 전부고. 제가 아무리 명사수라 해도 자동소총을 든 여섯 명을 동시에 쓰러뜨리긴 힘들 것 같은데……."

쿵

그때 승용차 위로 무언가 떨어져 내리는 소리가 들렸다. 나와 김만철이 동시에 밖으로 뛰어나가려는 찰나, 티토브 정이 차 문을 열고 들어왔다.

"저입니다."

"어떻게?"

"옥상으로 이동할 수 없었습니다."

티토브 정이 손을 앞쪽 건물을 가리켰다."

그곳에는 몸을 숨긴 채 총을 겨누고 있는 2명의 인물이 눈에 들어왔다. 자세히 살펴보지 않으면 어둠 때문에 확인하기 힘든 위치였다.

"이놈들이 아예 작정을 했구먼."

김만철의 말처럼 우리를 잡기 위해 모든 걸 동원한 것 같았다.

"놈들에게서 정보를 알아냈습니다. 헤스바라는 현지 조직과 모로코에 진출한 메데인 카르텔이 우리를 쫓고 있습니다."

티토브 정은 나에게 권총을 건네며 말했다. 그를 추적했던 인물들에게서 빼앗은 것 같았다.

정보 또한 티토브 정을 쫓았던 인물들에게서 나온 것이다.

"메데인 카르텔이면 콜롬비아 마약조직이 아닙니까?"

메데인 카르텔은 국내언론에도 자주 오르내렸던 마약조직이었다. 현지에서 사업을 진행하는 교민이 이들 조직에 납치되어 거액의 몸값을 주고 풀려났다는 기사가 한 달 전 언론의 관심을 받았었다.

"예, 맞습니다. 메데인 놈들은 우리가 천만 달러짜리 수표를 가지고 있는 줄 알고 있었습니다."

"천만 달러라면 누군가 그들에게 거짓 정보를 주었다는 말인데……."

"제가 생각했을 때는 헤스바라는 조직이 메데인 카르텔을 속이고 있는 것 같습니다."

"나 참! 끼리끼리인 놈들이 별걸 다 속이고 있네."

김만철이 티토브 정의 말을 듣고는 어이없다는 듯이 말했다.

'만약 내가 5억 7천만 달러 수표를 가지고 있다는 사실을 메데인 카르텔이 알게 된다면…….'

순간 헤스바가 자신들을 속였다는 걸 안다면 메데인 카르텔이 가만있지 않을 것이라는 생각이 들었다.

거기에 좀 더 기름을 끼얹어지는 상황을 만든다면 두 조직의 무력 충돌까지 일어날 수도 있었다.

티토브 정이 알아낸 정보를 토대로 나는 마라케시를 벗어날 계획을 짰다.

두 조직은 포위망은 생각보다 탄탄했고, 이곳을 벗어난다고 해도 자칫하면 모로코를 떠나기 전까지 추적당할 수 있었다.

"이렇게 하면 어떻겠습니까? 저들에게……."

내 이야기를 듣는 티토브 정과 김만철의 눈이 점점 커졌다.


"안 됩니다. 너무 위험한 방법입니다."

내 이야기를 다 듣자마자 김만철이 날 말렸다. 그가 최우선으로 생각하는 것은 나의 안전이었다.

"하지만 이대로 이곳에 머물 수는 없습니다. 위험은 따르지만, 잘만 되면 단숨에 문제를 해결할 수 있습니다. 지금 시간은 우리 편이 아닙니다."

"그럼 그냥 정면 돌파를 하는 것이 어떻겠습니까?"

"그게 더 위험할 수 있습니다. 지리적으로나 화력으로도 우리가 너무 불리합니다."

눈에 보이는 여섯 명이 다가 아니었다. 지프 뒤쪽에도 몇 명이 더 있었다.

"제 생각에는 대표님의 방법이 더 나은 것 같습니다."

나와 김만철의 이야기를 가만히 듣고 있던 티토브 정이 결론을 내주었다.

내가 김만철을 쳐다보자 그는 어렵게 입을 열었다.

"후! 알겠습니다."

우리는 이 상황을 단숨에 해결하기 위해 위험한 도박을 벌이기로 했다.


*       *       *


나와 티토브 정이 도요타 승용차를 몰고서 두 대의 지프가 바리케이드처럼 길을 막고 있는 쪽으로 향했다.

나는 곧장 차에서 내리면서 소리쳤다.

"책임자를 만나러 왔다!"

앞길을 막고 있는 인물들은 메데인 카르텔이었고 그중에는 영어를 알아듣는 인물이 있었다.

헤스바와 메데인 카르텔도 아랍어나 스페인어가 아닌 영어로 대화가 이루어졌다.

"헤스바에게 잡혀간 보스와 수표를 바꾸겠다."

나의 말에 아랑곳하지 않고 소총을 든 여섯 명이 달려와 우리에게 총구를 겨누었다.

이들은 우리 세 사람 중 누가 대표인 줄 알지 못한다.

"잡혀간 보스를 풀어주면 수표를 건네주겠다."

"그게 무슨 소리지?"

내가 다시 한 번 소리치자 지프 뒤쪽에서 목소리가 들려왔다.

밝은 곳으로 걸어 나온 사내는 다른 인물들과 달리 얼굴을 가리지 않은 상태였다. 사내는 30대 초반으로 눈매가 날카로운 전형적인 중남미 스타일의 인물이었다.

"그쪽에서 우리 보스를 잡아갔잖소? 보스를 무사히 보내주면 수표를 건네주겠소.

"무슨 소리인지 모르겠군. 너희 보스가 잡혔다는 말은 듣지 못했는데."

"우린 무사히 이곳을 벗어나고 싶을 뿐이오. 5억 달러짜리 수표가 중요하긴 하지만……."

"잠깐! 방금 뭐라고 했지?"

사내는 내 말에 바로 반응했다.

"우리가 무사히……."

"아니! 지금 5억 달러짜리 수표라고 말했나?"

"정확히 말하면 5억 7천만 달러짜리요."

내 말에 사내의 눈동자가 커지는 것이 확연히 보였다.

"%&#*#!"

그는 내가 알아들 수 없는 스페인어로 크게 소리쳤다. 사내의 억양이나 몸짓으로 보았을 때 욕을 한 것 같았다.

"수표는 누가 갖고 있지?"

"안전한 곳에 보관해 놓았소. 보스를 풀어주면 수표를 바로 건네줄 것이오."

내 말에 사내는 날 무섭게 노려보다가 입을 열었다. 내가 아무 대책 없이 자신들에게 나타나지 않았으리라 생각한 것 같았다.

"너희 보스가 헤스바에게 잡혀간 것은 확실한 것이냐?"

"그러지 않았다면 우린 당신 앞에 모습을 드러내지 않았을 것이오."

"음, 너희를 잡으면 부하를 죽인 대가로 바로 죽이려고 했는데, 수표 금액이 목숨을 붙어 있게 하는군. 5억 7천만 달러가 확실한 거겠지?"

"그걸 알면서 우릴 추적한 것이 아니었소?"

나는 사내의 말에 반문하며 물었다. 확실히 두 조직은 서로를 속이고 있었다.

"헤스바 놈들을 신뢰하기가 힘들어지는군. 산체스 헤스바에게 연락해서 이놈들의 보스를 잡았는지 알아봐."

우리에게 총을 겨누고 있는 한 인물에게 말을 했다.

"네 말이 사실이면 목숨은 살려서 보내주지."

사내의 말투로 보아서는 수표를 건네도 그냥 보내주지 않을 것이 분명했다.

5분 정도 기다리자 산체스가 돌아왔다.

"그런 일이 없다고 합니다."

"날 속이는 대가는 크다."

사내는 산체스에게 보고를 받자마자 권총을 들어 나를 쏘려고 했다.

"날 쏜다면 후회할 것이오. 그렇게 되면 수표의 행방을 영영 찾을 수 없을 테니까. 당신은 헤스바에게 속고 있는 것이오."

"그럼 이놈을 쏘면 되겠군."

사내의 권총이 티토브 정에게 향했다.

"난 분명 우리 보스를 풀어주면 5억 7천만 달러를 건네주 겠다고 말했소. 페즈은행 관계자에게 알아보시오. 내 말이 거짓인지."

내 말에 사내는 잠시 망설이다가 권총을 거두었다.

"좋아. 은행장을 직접 만나 확인하겠다. 그러고 나서 사 실이라면 네 보스를 찾아주지. 산체스! 모두 광장으로 모이 라고 해."

명령을 내린 사내의 이름은 사파타였다. 그는 마라케시

에 있는 메데인 카르텔을 이끌고 있었다.

놈들은 나와 티토브 정의 손을 묶고는 지프에 태웠다. 그리고 우리가 타고 온 도요타 승용차도 부하를 시켜 몰고 오게 했다.


우리는 다시 자마 엘프나 광장 근처로 이동했다.

그곳에 페즈은행의 지점장이 사는 집이 있었다. 마라케시에서 드물게 넓은 정원을 갖춘 유럽풍의 집이었다.

집에는 경호원이 있었지만 자동소총으로 무장한 십여 명의 메데인 인물들에게는 무용지물이었다.

"사파타 씨, 이 밤중에 무슨 일입니까?"

아부엘카셈 은행장은 메데인 카르텔의 사파타를 알고 있었다. 사파타는 페즈은행과 거래를 통해서 마약으로 벌어들인 돈을 세탁하고 있었다.

"갑자기 찾아와서 미안합니다. 한 가지 사실을 확인할 게 있어서 말입니다."

넓은 거실에서 자동소총을 들고 서 있는 인물에게 둘러싸인 아부엘카셈은 왠지 불안했다.

"무엇을 말입니까?"

"우리가 쫓고 있는 인물들이 페즈은행에서 가져갔다는 수표가 정확히 얼마짜리입니까? 1천만 달러가 맞습니까?"

사파타의 말에 아부엘카셈의 표정이 달라지는 것이 역력했다.

'이놈이 뭘 알고서 날 찾아온 건가? 아니면 그냥 떠보는 걸까? 음, 사실대로 금액을 말했다가는 수표의 절반이 저놈 수중에 들어갈 수도 있겠지… 그럴 수는 없지.'

"맞습니다. 1천만 달러짜리 수표입니다."

"확실합니까?"

사파타는 재차 물었다.

"물론입니다. 제가 직접 지급을 해주었으니까요."

"좋습니다. 그 말이 사실이길 바랍니다. 가서 놈들을 데리고 와."

사파타의 말에 아부엘카셈의 표정이 경직되는 것이 보였다.

'설마, 놈들을 잡은 건가? 분명 잡자마자 죽이라고 했는데……'

아부엘카셈은 응접실 탁자 아래로 손을 넣었다. 그곳에는 은행에서처럼 경찰서와 연결된 비상벨이 있었다.

나와 티토브 정이 거실로 들어서자 아부엘카셈은 무척 당황스러워했다.

"자! 여기 은행장께서 수표를 내주었다는 인물이 있습니다. 그런데 이들은 페즈은행에서 5억 7천만 달러짜리 수표를 받았다고 하는데, 누구의 말이 맞는 것입니까?"

사파타가 나와 은행장을 번갈아 쳐다보며 말했다.

"당신이 연관된 일입니까? 이 일에 대해 분명 책임져야 할 것입니다."

나는 누군가 연관되었을 거라 생각은 했지만, 페즈은행의 은행장인 아부엘카셈이 직접 벌인 일이라고는 전혀 생각지 못했다.

"조용! 나는 그걸 알고 싶은 것이 아니야. 자, 빨리 말씀하시오, 아부엘카셈 씨."

사파타는 나에게 큰소리를 질렀지만 아부엘카셈에게는 점잖은 말투로 말했다. 한데 오히려 그러한 말투가 아부엘카셈을 더욱 압박했다.

"…날 건드리면 헤스바나 경찰이 가만있지 않아."

결국 사파타가 듣고 싶은 말은 나오지 않았다.

"후후! 다시 한 번 말하겠소? 수표 금액이 5억 7천만 달러가 맞소?"

'이놈은 아직 수표를 찾지 못했군.'

"이곳은 모로코야! 지금 곧 경찰이 이곳으로 올 것이다. 허튼소리하지 말고 돌아가."

아부엘카셈은 사파타가 자신을 어쩌지 못할 것으로 생각했다.

"내 인내심을 테스트하는군."

사파타도 아부엘카셈을 죽이면 여러모로 곤란하다는 걸 잘 알고 있었다.

그때였다.

바깥쪽에서 총소리와 함께 비명이 들려왔다.

탕! 탕탕!

"으악"

"헤스바의 습격이다!"

그리고 들려온 소리에 사파타가 권총을 빼 들고는 아부엘카셈에게 겨누었다.

"배신의 대가가 어떤 것인지 알 것이다."

"안 돼! 날 죽이면 너도 무사하지 못해!"

탕!

사바타는 그대로 방아쇠를 당겼다.

머리에 총을 맞은 아부엘카셈은 소파 뒤로 천천히 넘어갔다.

쿵!

"가자! 헤스바 놈들을 쓸어버리고 우리가 마라케시를 차지한다."

사바타는 거실에 있던 부하들을 향해 소리쳤다.

탕! 타탕! 타타탕탕!

밖에서는 계속해서 총소리가 들려왔다.

나와 티토브 정은 눈빛을 교환하며 기회를 엿보고 있었다. 사실 이들을 습격한 인물은 김만철이었다.

우리가 탔던 도요다 승용차 트렁크에 김만철이 숨어 있었고, 헤스바의 습격을 외쳤던 인물도 김만철이었다.

사파타가 조금만 신경을 썼으면 스페인어가 아닌 영어로 외친 소리에 의구심을 가졌을 것이다.

이곳에 함께 온 인물 중에 영어를 쓰는 인물은 사파타 하나였다.

때마침 그동안 보이지 않던 경찰도 아부엘카셈의 집에 도착한 상태였다.

매달 정기적으로 아부엘카셈에게 돈을 받는 경찰은 그의 신변이 중요했다. 그래서 비상벨이 울리자마자 출동한 것이다.

"산체스! 이곳을 정리하고 메디나로 와라!"

사파타는 손이 묶여 있는 우리에게 총을 겨누며 외쳤다.

메디나에는 헤스바의 본거지가 있었다.

헤스바보다 메데인 카르텔의 화력이 더 강했기에 사파타는 이길 자신이 있었다.

아니, 애초에 헤스바에게 무기를 공급해 준 게 메데인 카르텔이었다.

헤스바는 그 대가로 자신들의 조직을 이용해 스페인이나 프랑스로의 마약 밀수를 도왔다.

사파타와 다섯 명의 인물들은 나와 티토브 정을 이끌고는 뒤편에 대기한 차량으로 이동했다.

이미 나와 티토브 정은 혼란스러운 상황을 이용하여 묶인 줄을 다 푼 상태였다.

그때였다.

탕! 탕!

두 발의 총성과 함께 나와 티토브 정에게 총을 겨누며 이동하던 두 명의 남자가 쓰러졌다.

그러자 사파타와 나머지 인물들이 몸을 피하려고 사방으로 흩어졌다. 당연히 나와 티토브 정을 감시할 수 없었다.

우리 두 사람은 그대로 담을 타고 넘어 옆집으로 몸을 피했다.

총격을 가한 인물은 김만철이었다. 경찰이 출동해 메데인 카르텔과 총격전이 벌어지자 그 틈을 이용해 우리를 따라온 것이다.

"저놈들을 잡아!"

타타탕!

사파타가 소리쳤지만 날아오는 총알 때문에 그의 명령을 따르는 인물은 없었다.

우리가 옆집으로 몸을 피하는 사이 경찰차의 사이렌 소리가 더 많이 들려왔다.

마라케시에서도 부유한 동네였기에 총소리가 들려오자 경찰서로 신고가 빗발치고 있었다.

이러한 혼란스러운 상황은 우리가 몸을 피할 수 있는 조건을 만들어주었다.

"저쪽으로 가시시죠."

티토브 정이 가리킨 곳은 이슬람 사원이 있는 곳이었다.

50m를 전력으로 질주하여 빠르게 사원에 도착했을 때 뒤쪽에서 자동차 경적 소리가 났다.

빵! 빵!

어느새 김만철이 차량까지 탈취하여 우리 쪽으로 차를 몰고 온 것이다.

"대단하십니다."

"하하! 이 정도쯤이야 누워서 떡 먹기 아닙니까."

내가 엄지손가락을 치켜들며 말하자 김만철은 별거 아니라는 듯이 말했다.

하지만 그는 이 작전에 대해서 상당히 부정적이었었다.

"형님이 아니었다면 성공할 수 없었을 것입니다."

"하긴 내가 아니면 할 수 성공할 수 없었지. 하하! 자, 그럼 출발하시죠."

티토브 정까지 김만철을 치켜세우자 김만철은 기분 좋게 웃으면서 차를 몰았다.

　마라케시에서 벗어난 우리는 시디 보우지드에서 기차를 타고 카사블랑카로 향하기로 했다.

Chapter 10

　마라케시에서는 오전까지 전 지역에서 총소리가 끊이지 않고 들려왔다. 모로코 당국은 경찰력으로도 해결될 기미가 보이지 않자, 마라케시에 특별경계령을 내려 군대까지 투입하는 강경한 조치를 취했다.

　군병력까지 투입되고 오후가 되어서야 총격전은 멈추었고 이 일로 경찰을 포함하여 백여 명이 넘는 사상자가 발생했다.

　사상자의 대부분은 마라케시의 범죄 조직인 헤스바와 메데인 카르텔 조직의 인원들이었다.

두 조직은 마라케시에서 설 자리를 잃어버릴 정도로 큰 피해를 보았다.

그러는 사이 우리는 카사블랑카에 무사히 도착하여 계획했던 대로 티자리와파 은행에 5억 7천만 달러짜리 수표를 무사히 입금했다.

돈은 티자리와파 은행에서 스위스의 취르허방크를 거쳐 무사히 소빈뱅크에 입금되었다.

일을 무사히 마쳤지만, 모로코에서 관광할 여유가 없었다.

내가 예상했던 것보다도 훨씬 빠르게 보리스 옐친 대통령은 특별조치령 No.158C를 발표한 것이다.

대통령령 No.158C는 러시아의 다이아몬드 회사인 알로사의 일시적인 폐쇄와 함께 알로사가 맺었던 모든 계약을 무효로 하는 강력한 조치였다.

이 발표에 가장 충격을 받은 것은 전 세계 다이아몬드 생산의 80%, 판매의 65%를 장악하고 있는 드비어스사였다.

특별조치령이 시행되면 드비어스의 강력한 시장장악력이 크게 흔들리는 일이었다.

드비어스를 이끄는 오펜하이머 회장은 모든 일정을 취소하고 모스크바로 날아갔다.

＊　　　＊　　　＊

우리가 모로코를 떠나 모스크바에 도착한 시간은 한밤중
이었다.

나는 소빈뱅크와 새롭게 만든 경영지원팀의 인원을 호출
했다. 옐친 대통령의 특별조치로 알로사의 지분에도 큰 변
화가 생겼기 때문이었다.

알로사의 지분 인수에 들어가는 금액 또한 달라질 수 있
었다.

5억 7천만 달러의 돈이 소빈뱅크로 들어온 지금, 자금은
충분했다.

이젠 알로사의 지분 중에서 80% 이상을 소유한 러시아
정부와 사하공화국이 소유한 지분을 얼마나 우리에게 내어
줄지가 문제였다.

이번 조치로 알로사를 노리는 기업이나 투자자가 한두
명이 아니었기 때문이다.

물론 옐친에게 의견을 제시한 것은 나였지만 시시콜콜
사소한 것까지 옐친이 관여할 수 없었다.

알로사의 처리에 대해 전권을 가지게 된 쇼린 부총리가
지분을 어떻게 처리하느냐가 관건이었다.

적어도 50% 가까이는 지분을 소유해야지만 알로사를 내

수중에 둘 수 있었다.

한밤중에 시작된 회의는 새벽까지 이어졌다.

피곤한 기색들이 역력했지만, 러시아에서 약진에 약진을 거듭하고 있는 회사에 근무한다는 자부심 때문인지 모두가 열정이 넘쳐흘렀다.

아침이 되어서야 끝난 회의의 결과를 가지고 나는 쇼린 부총리와 만나기로 약속을 잡았다.


쇼린 부총리는 러시아의 경제를 담당하고 있었다.

러시아와 영국에서도 공부를 했던 그는 자유주의 시장경제 신봉자였다.

문제는 그가 시도하고 있는 시장경제를 뒷받침할 체력이 러시아는 부족하다는 점이었다. 더구나 작년에 일어난 쿠데타로 인해 러시아의 경기가 더 떨어진 상태였다.

"어서 오십시오."

쇼린은 날 반갑게 맞이해 주었다. 그가 원하는 러시아의 경제발전에 꼭 필요한 인물이 나 같은 사람이었다.

"바쁜 시간을 내주셔서 감사합니다."

"하하하! 강태수 대표님을 만나는 것은 저에게도 즐거운 일입니다. 러시아를 위해 힘써주시는 것에 늘 감사하고 있습니다. 자, 저쪽으로 앉으시지요."

쇼린은 다른 일정보다 나와의 만남을 우선시했고 나에 대해서 호감을 지니고 있었다.

그의 넓은 집무실에는 다른 인물들은 일절 배석하지 않았다.

"전화로 잠시 말씀드린 것처럼 알로사의 지분을 인수하고 싶습니다."

의자에 앉자마자 쇼린에게 본론을 꺼냈다.

"저도 강태수 대표님의 지분 참여를 반대할 생각은 없습니다. 옐친 대통령께서도 특별히 말씀하셨고요. 어느 정도의 지분을 원하십니까?"

"적어도 40%는 되어야 알로사의 경영에 도움이 될 것 같습니다."

나는 50% 이상을 확보할 생각이었다.

"음, 40%라. 한데 저희 쪽에서 가지고 있는 지분은 최대 30%만 내어드릴 수 있습니다. 나머지는 정부가 소유하기로 했습니다."

러시아 정부가 소유한 알로사의 지분은 56%였다. 나머지는 다이아몬드 광산이 몰려 있는 사하공화국과 야쿠츠크주가 대부분 소유하고 있었다.

사하공화국에서 생산하는 다이아몬드의 양은 러시아 전체 다이아몬드 생산량의 95%를 차지한다.

'러시아 정부가 알로사에 영향력을 행사할 여지를 남겨두겠다는 건데… 그걸 허용하지 않으려면 사하공화국의 지분을 인수해야만… 그러려면 노바테크의 인수가 절대적으로 필요하다.'

사하공화국은 한반도의 30배의 크기로 러시아연방공화국 중에서 가장 넓은 땅을 소유하고 있다.

하지만 전체 영역의 40%가 북극권에 속해 있는데다 전면적의 삼분지 이는 산지·고원으로 이루어진 땅이었다. 그래서 겨울이 7개월간 계속되며 러시아에서 가장 추운 곳이다.

겨울은 최저 −65℃이고 여름은 최고 +35℃로 연교차가 100℃에 이른다.

이러한 혹독한 환경 때문에 그 넓은 땅덩어리에 인구수는 고작 80만 명 정도뿐이었다.

알로사를 완전하게 얻으려면 사하공화국에 영향력을 행사할 수 있는 노바테크의 인수가 꼭 필요했다.

노바테크의 유정과 유전탐사권이 사하공화국에 집중되어 있었고, 사하공화국의 경제에도 작지 않은 위치를 차지하고 있었다.

쇼린 부총리와의 만남을 통해서 러시아 정부가 가지고 있는 의지를 파악했다.

현재 정부 곳간이 비어가는 러시아는 알로사의 지분을 최대한 높은 가격에 판매하려고 했다.

나에게 알로사에 대한 우선권을 주었지만 처음 생각했던 지분 인수 가격보다도 20% 높은 가격을 쇼린 총리는 제시했다.

알짜배기인 알로사를 원하는 투자처가 많았기 때문이었다.

그중에서 가장 알로사를 원하는 기업은 발등에 불이 떨어진 드비어스였다.

모스크바에 도착한 드비어스의 오펜하이머 회장은 자신의 인맥을 총동원하여 러시아 정부관계자들을 만나고 있었다.

나와 만남을 가진 쇼린 총리 또한 오펜하이머 회장과 만날 예정이었다.

쇼린은 알로사의 지분을 최대한 높은 가격에 넘길 생각이었다.


'5억 7천만 달러로 두 회사를 손에 넣으려고 했는데… 음, 알로사에만 5천만 달러 이상이 추가로 들어가게 생겼으니…….'

스베르로 돌아가는 차 안에서 고민이 깊어졌다.

러시아 정부로부터 30%의 지분 확보는 가능했지만, 추가로 들어갈 돈이 적게 잡아도 5천만 달러 이상이었다.

쇼린이 나에게 공개적으로 드리어스의 오펜하이머 회장을 만난다고 이야기한 것은 지금보다 알로사의 지분 가격이 달라질 수 있다는 언질이었다.

'어쩌면 1억 달러 이상을 추가로 준비해야 할지도…….'

러시아 정부 다음으로 많은 지분을 가지고 있는 사하공화국도 낮은 가격으로 지분을 팔지 않을 것이 분명했다.

더구나 난 사하공화국의 정부관계자들과는 친분이 그리 없었다.

'사하공화국의 지분은 노바테크의 인수에 달려 있다.'

쇼린 부총리에게 노바테크 인수와 관련된 상황도 전달했다. 쇼린은 노바테크의 민영화 전환은 다음 달에나 가능하다는 말을 해주었다.

그나마 러시아에서는 빠른 일 처리였다.

이대로는 노바테크를 통해 알로사 지분과 연관시키기가 어려웠고 시간도 부족했다. 어떻게든 노바테크 민영화를 앞당겨야만 사하공화국이 가지고 있는 알로사의 지분 인수도 순조롭게 진행할 수 있었다.

사하공화국과 주도인 야쿠츠크 주를 합쳐 적어도 20% 이상의 지분을 확보해야만 알로사를 내 뜻대로 운영할 수 있었다.

나는 알로사를 통해서 프랑스의 까르띠에(Cartier)나 미국의 티파니(Tiffany)와 같은 세계적인 보석브랜드를 새롭게 만들어낼 생각도 가지고 있었다.

"내일 당장 사하공화국행 비행기를 알아보세요."

나는 빅토르 최에게 말했다. 도시락에 정식으로 입사했던 그는 이젠 나의 개인비서로서 경영지원팀으로 자리를 옮겼다.

러시아의 업무 지원을 위해서 만들어진 경영지원팀은 모두 일곱 명의 인원으로 구성되어 있었다.

러시아의 변호사와 회계사가 포함된 팀으로 러시아에서 벌이고 있는 사업에 대한 업무 지원을 담당했다.

"알겠습니다. 한데 좀 쉬셔야 하는 게 아닙니까?"

일정을 담당하는 빅토르 최는 나를 염려하며 말했다. 모로코에서 돌아온 날부터 쉬지 않고 강행군이었다.

사실 모로코로 떠나기 전에도 쉰 적이 없었다.

"지금은 쉴 수가 없습니다. 모든 일이 마무리된 후에 쉬도록 하지요."

러시아에 있는 경쟁 기업들과 투자자들이 알로사를 얻기 위해 움직이고 있었다.

이러한 상황에서 최선을 다하지 않는다면 죽 쒀서 개 준

꼴이 될 수 있다. 내가 경쟁자들보다 앞설 수 있었던 것은 남들보다 앞선 정보를 바탕으로 그들보다 한 발짝 더 빨리 움직였기 때문이다.

"대표님의 열정을 정말 따라갈 수가 없을 것 같습니다."

경호를 위해 함께 있는 티토브 정의 말이었다.

김만철과 티토브 정은 모스크바에 도착한 후 휴식을 취했지만 난 아니었다.

연속된 회의와 쇼린 부총리와의 만남, 그리고 다시 사하공화국으로의 출장을 위한 준비를 해야만 했다.

*       *       *

수정처럼 맑고 투명한 호숫가에 둘러싸인 섬에는 유럽에서나 볼 수 있는 중세풍의 아름다운 저택이 자리 잡고 있었다.

섬은 잠실운동장만 한 크기였고 섬 한가운데 자리 잡은 저택 외에는 건물이 전혀 없었다.

놀랍게도 호수를 바라보고 있는 한 사내의 뒤로 모스크바에서 죽은 줄로만 알았던 제임스가 서 있었다.

"페즈은행에서 돈이 인출되었습니다."

제임스는 아주 조심스럽게 호수를 바라보고 있는 사내에

게 보고를 했다. 등을 보이고 있는 사내는 제임스의 말에 아무런 반응이 없었다.

"강태수는 저희가 설치한 덫에 걸리지 않고 무사히 러시아로 돌아갔습니다."

제임스의 보고가 끝나자 사내는 오른손을 들었다. 그러자 제임스가 사내에게 고개를 깊숙이 숙이고는 방을 나섰다.

사내가 들어 올린 오른손에는 반지가 끼어 있었고 그 반지에는 정교하게 만들어진 두 개의 뱀이 똬리를 틀며 붉은색 루비를 감싸고 있었다.

사내는 섬을 떠나는 헬기를 잠시 바라보다가 한마디도 하지 않던 무거운 입을 열었다.

"후후! 이번 게임은 조금 재미있어지겠군."

사내의 입가에는 짧은 웃음이 머물다 곧바로 사라졌다.

*　　　*　　　*

사하공화국으로 향하는 비행기에 몸을 싣자마자 잠에 빠져들었다.

사하공화국의 주도인 야쿠츠크로 향하는 비행기였다.

모스크바를 떠나기 전 인맥을 동원하여 사하공화국의 대통령인 슈티로프와의 면담을 성사시켰다.

10시간이 넘는 비행시간 내내 나는 잠에서 깨어나지 않았다.

야쿠츠크 공항에 착륙할 때가 되어서야 비행기의 기체가 심하게 흔들거리는 바람에 깨어났다.

잠시 눈을 감았다고 생각했는데 어느새 야쿠츠크에 도착한 것이다.

야쿠츠크는 사하공화국의 주도(州都)이자 수도인 곳으로 인구수는 18만 명이었다.

"코까지 골면서 잠을 정말 잘 주무시던데요."

"그랬나요? 이제 조금 피곤이 풀린 것 같습니다."

김만철의 말처럼 비행기에서였지만 죽은 사람처럼 잠을 푹 잤다.

야쿠츠크 공항은 작고 아담한 공항이었다.

이번 출장에는 김만철과 티토브 정을 비롯하여 일곱 명의 직원이 나를 수행했다.

알로사의 지분 인수와 관련된 실무적인 업무를 처리할 경영지원팀의 직원들을 대동했다.

현재 사하공화국의 슈티로프 대통령은 상당히 곤란한 상황에 빠져 있었다.

드비어스와 사하공화국은 러시아 연방정부와 별도로 다이아몬드 채굴과 관련된 계약을 진행했었다. 하지만 이번 엘친 대통령의 특별조치로 인해서 드비어스와의 계약을 이행할 수 없게 된 것이다.

드비어스는 계약 조건으로 사하공화국에 다이아몬드 원석을 가공할 수 있는 공장을 세워주기로 했었다.

문제는 사하공화국은 계약 이행 불가로 인해 적지 않은 위약금을 드비어스에 지급해야 하는 곤란한 상황에 놓인 것이다.

슈티로프 대통령은 자신과 아무 상의 없이 알로사에 대해 특별 조치를 단행한 엘친 대통령에게 공개적으로 반발했다.

구소련의 쿠데타가 일어났을 때 사하공화국은 엘친을 지지하는 성명을 즉각적으로 발표했었기에 배신감을 느낀 것이다.

공항 밖에는 슈티로프 대통령이 보낸 차들이 있었다.

모스크바를 떠나기 전 도착하는 대로 곧바로 면담이 이루어지게 일정을 짰다.

일정이 살인적이긴 했지만, 지금은 정말 초를 다투는 시기였다.

야쿠츠크 공항에서 15분 정도 떨어진 대통령궁은 모스크바의 크렘린 궁처럼 크고 화려하지 않지만, 이 지역 특색에 맞게 아름다운 모습을 하고 있었다.

슈티로프 대통령은 직접 건물 밖으로 나와서 나를 맞아

주었다.

그는 내가 러시아에서 어떤 사업을 진행하고 있으며 어느 정도의 위치에 올라있는지를 보좌관을 통해서 전해 들었다.

요즘 들어서 나를 만나고 싶어하는 러시아 정치인들과 각 공화국 정부 관리들이 많아졌다.

"야쿠츠크에 오신 걸 진심으로 환영합니다."

그는 나에게 손을 내밀었다.

"환대해 주셔서 감사합니다. 강태수라고 합니다."

그가 내민 손을 잡자 슈티로프는 처음 만난 사람 같지 않게 두 손으로 내 손을 잡으며 진심으로 환영해 주었다.

이곳에서는 반가운 지인이나 친구를 만날 때는 두 손을 잡았다. 아마도 내가 현재 사하공화국의 어려움을 해결할 인물이라서 그런지도 모른다.

"자, 안으로 들어가시지요."

그의 안내에 따라 우리는 대통령궁으로 들어갔다.

회담장에는 야쿠츠크의 주지사인 시포르트도 자리하고 있었다. 현재 알로사의 지분은 사하공화국이 25%를, 야쿠츠크 주가 9%를 소유하고 있다.

적어도 이번 협상을 통해서 20% 이상의 지분을 가져와야만 알로사를 확실하게 장악할 수 있었다.

"오늘은 날씨도 참 좋습니다. 이쪽은 야쿠츠크의 시포르트 주지사입니다."

슈티로프 대통령은 자리에 동석한 인물들 하나하나를 인사시켜 주었다.

"강태수입니다. 잘 부탁하겠습니다."

"하하! 모스크바에서 제일 바쁜 분이라고 들었습니다. 야쿠츠크에서 좋은 성과를 가져가시길 바랍니다."

반가운 웃음과 덕담으로 협상이 시작되었다. 본격적인 협상이 시작되자 높으신 분들과 달리 날 선 실무진들끼리는 한 치의 양보도 없는 신경전이 벌어졌다.

시간이 지나갈수록 서로의 이익을 위해서인지 대립각을 세우는 점이 많아져 갔다.

늦은 점심을 먹고서도 계속된 협상에서도 큰 타협점을 찾지 못한 채 서로의 의견을 주고받았다.

사하공화국과 야쿠츠크 주도 자신들이 소유한 알로사의 지분을 우리가 생각했던 것보다 높게 제시했고, 러시아 정부처럼 일정 부분의 지분을 소유하길 원했다.

거기에 드비어스가 세워주기로 했던 다이아몬드 가공 공장까지 요구하고 있었다.

그러다 보니 내가 원하는 알로사의 20% 지분에도 도달하지 못했다.

'음, 노바테크를 인수하면 끝날 일인데.'

사하공화국 내에서 큰 기업이라고는 할 수 있는 곳은 노바테크와 알로사뿐이라고 할 수 있었다.

만약 노바테크에서 사업을 철수하거나 중단하면 사하공화국의 경제에 큰 타격을 줄 수 있었다. 더구나 사하공화국에서 노바테크에 종사하는 인원만 천여 명에 이르렀다.

늦은 저녁까지 진행된 협상에도 진전이 없자 내일 다시 협상을 진행하기로 했다. 우리는 사하공화국에서 잡아준 호텔로 향했다.


호텔에서 바라보는 야쿠츠크의 전경은 정말 아름다웠다. 전혀 오염되지 않은 자연환경을 가지고 있는 사하공화국은 앞으로 대한민국의 미래가 달라질 수 있는 곳이었다.

사하공화국을 비롯한 극동지역에는 러시아 가스자원의 28%, 석유의 22%, 그리고 석탄은 46%가 묻혀 있었다.

이 퍼센트는 예상 추정치였고 언제든지 숫자는 더 올라갈 수 있었다.

거기에 다이아몬드와 금을 비롯한 광물자원의 보고였다.

하지만 이곳에서 가장 기대하고 있는 것은 북극을 통하는 해상 운송로였다.

네덜란드의 로테르담을 기준 삼아 부산에서 북극해를 통

해서 유럽으로 가는 북극항로를 이용하면, 기존 항로인 인도양과 수에즈운하를 이용할 때의 22,000km보다 훨씬 짧은 15,000km밖에 걸리지 않았다.

이로 인해 항해일수와 물류비를 크게 단축할 수 있는 것은 물론, 룩오일과 노바테크에서 생산된 천연가스와 원유를 중국과 북한을 거쳐 남한에 공급할 계획도 세우고 있었다.

물론 먼 훗날의 일이겠지만 그렇게만 된다면 대한민국은 더는 에너지 걱정을 할 필요가 없었다.

이 계획이 성사된다면 두 회사 또한 안정적인 공급처 확보와 함께 적어도 다섯 손가락 안에 들어가는 세계적인 에너지기업으로 우뚝 설 것이다.

# Chapter 11

　다음 날, 협상은 실무진에게 맡기고 슈티로프 대통령의 안내로 사하공화국이 자랑하는 다이아몬드 광산으로 향했다.

　사하공화국은 다른 다이아몬드 생산지와 달리 노천광산이었다.

　노천광산은 노천채굴을 통해 광상이 지표 가까이 있어 겉흙만 제거하고 갱도 따위를 파지 않고 바로 채굴할 수 있다.

　노천광산은 일반적으로 표토를 제거한 후 계단상으로 광

상을 채굴한다.

이러한 노천채굴은 채광비가 저렴하고, 작업의 감독·관리가 쉬우며 대규모의 기계화가 가능했다.

또한 작업 환경이 양호하여 안전성이 높으며, 갱내지보(坑內支保)와 같은 시설이 필요하지 않고, 폭약의 종류나 양을 자유롭게 선택하여 유효하게 사용할 수 있다. 더구나 숙련공을 많이 필요로 하지 않았고 생산 규모를 크게 할 수 있다.

거기에 채굴실수율(採掘實收率)이 높고, 생산에 유연성이 있으므로 불황에는 일시 휴업하였다가도 필요하면 다시 재개할 수 있는 장점이 있었다.

이러한 점들 때문에 사하공화국의 다이아몬드 광산이 각광을 받았다.

야쿠츠크에서 30㎞ 정도 떨어진 곳에도 다이아몬드 광산이 있었다.

이 광산은 알로사가 관리하는 광산이었다.

사하공화국의 깃발과 러시아 깃발을 단 승용차가 광산에 멈추자 연락을 받은 광산 책임자가 슈티로프 대통령과 나를 영접했다.

광산 책임자의 이름은 드미트리였다.

그는 나에 대해서 신경을 쓰는 눈치였다. 옐친 대통령의 특별 조치로 인해서 알로사가 매각된다는 소문이 직원들에게 파다하게 퍼졌다.

슈티로프와 함께 광산에 나타난 나를 신경 쓰지 않을 수 없었다.

"저희 광산은 러시아에서 가장 순도 높은 다이아몬드를 생산하고 있습니다. 최근에 발견된 250캐럿짜리 원석입니다."

드미트리는 방탄유리관에 보관 중인 원석을 꺼내 보이며 말했다.

손에 들자 묵직한 무게감이 느껴지는 다이아몬드 원석이었다.

"알로사에서 관리하는 광산이 몇 개나 됩니까?"

"이곳을 포함해서 세 군데의 광산에서 다이아몬드를 생산하고 있습니다. 두 곳의 광산은 언제든지 생산할 수 있게 준비를 갖추어 놓았습니다."

드미트리는 묻지도 않은 것까지 알려주었다.

"그럼 시장에 대한 물량 공급은 충분하겠네요?"

"예, 원하는 생산량은 언제든지 맞출 수 있습니다. 문제는 생산량에 맞는 수요가 뒷받침되느냐, 입니다."

드미트리의 말처럼 알로사에서 생산하는 다이아몬드에 대한 수요가 있어야 했다. 이전에는 95%를 드비어스에 공급만 하면 되었기에 유통에 신경 쓸 필요가 없었다.

하지만 상황이 달라진 지금 사하공화국에서 생산된 다이아몬드를 제값을 받고 팔 시장이 필요했다.

"음, 그래야겠죠. 알로사에서 소유한 채굴권은 어느 정도나 됩니까?"

대충은 알고 있었지만, 관계자에게 직접 듣는 것이 정확했다.

"알로사가 소유한 채굴권은 사하공화국 전체로 보시면 됩니다. 그 대가로 회사의 지분을 넘긴 것이니까요."

"맞습니다. 우리가 알로사의 일정 지분을 요구했었습니다."

옆에 함께 있던 슈티로프 대통령이 드미트리의 말을 확인해 주었다.

알로사는 채굴한 다이아몬드를 판매한 수익의 일정 부분을 지분 비율에 따라 사하공화국과 야쿠츠크 주에 지급했다.

사하공화국 내에 큰 기업들이 없으므로 사하공화국의 재정은 알로사에서 나오는 수익에 의존하는 비율이 컸다.

그렇게 중요한 알로사였지만 러시아의 다른 국영기업처럼 주먹구구식의 경영이 엿보였고 재무제표상의 현금 흐름이 투명하지 않았다.

알로사의 인수를 위해 조사를 하던 중 상당한 뭉칫돈과 다이아몬드 원석이 엉뚱한 곳으로 흘러들어 가는 흔적을 발견했다.

'사하공화국 전체라……'

한반도의 30배가 넘는 넓이의 땅덩어리에는 다이아몬드를 포함한 수많은 지하자원이 묻혀 있었다.

"다이아몬드만 채굴할 수 있는 것입니까?"

"아닙니다. 금과 은도 가능합니다."

광산 책임자인 드미트리의 말은 처음 듣는 이야기였다.

"다이아몬드만 채굴하는 것이 아니고요?"

나는 드미트리에게 되물었다.

"주력은 다이아몬드입니다. 다른 광물을 채굴하려고 해도 적지 않은 투자 비용이 들어가기 때문에 다이아몬드에 집중하고 있습니다."

드미트리의 말처럼 광산 개발에는 적지 않은 비용이 들어간다. 더구나 1년 중 7개월이 겨울인 사하공화국에서는 그러한 비용이 더 추가된다.

광산을 개발하기 위해서는 관련된 제반시설은 물론 운송로도 갖추어야만 했다.

경제성을 갖추기 위한 초기 비용이 사하공화국은 다른 지역보다 2~3배가 더 들어갔다.

"환경적인 요인 때문입니까?"

"그렇다고 할 수 있습니다. 한겨울에는 영하 55도 아래로 떨어지는 곳이니까요."

사하공화국은 시베리아에서도 혹한 지역으로 알려진 곳이다.

−20℃부터는 거대한 호수가 얼며 성인 남자가 서서 소변을 누기가 힘들어진다. −30℃부터는 지상에 존재하는 모든 구조물과 수목에 수증기가 하얗게 얼어붙고 동물들이 야생에서 폐사하기 시작한다.

−50℃가 되면 입에서 나오는 김이 곧바로 응결되어 바닥으로 떨어지고 외부에 노출된 피부는 대략 5분 안에 동상을 입는다. −60℃에서는 외부로 배출되는 액체들이 순식간에 얼어붙는다.

이러한 혹독한 환경은 광산 시설을 비롯한 모든 걸 얼어붙게 한다. 그래서 이곳 겨울에는 길거리 매장의 고기들마저 자연냉동 상태에서 판매된다.

"하하! 그런 점도 없지 않지만, 사하공화국의 지하자원들은 대부분 채굴하기가 쉬운 노천광산들입니다. 더구나 투자가 이루어지면 5년간은 모든 세금을 면제하고 있습니다."

옆에서 이야기를 듣고 있던 슈티로프 대통령이 웃으면서

말했다.

사하공화국은 러시아에 가장 낙후된 곳 중의 하나였기에 기업들의 투자를 유치하기 위해 많은 노력을 하고 있었다.

광산을 좀 더 살펴보다가 점심때를 맞추어 사하공화국의 대통령궁으로 돌아왔다.

슈티로프 대통령과 단둘이 식사를 하면서 그가 원하는 바와 생각을 들어보았다.

"사하공화국은 자원의 보고입니다. 제대로 된 투자가 이루어진다면 이곳에서 많은 이득을 얻어갈 수 있습니다. 한국의 현대그룹과 대우그룹에서도 이곳의 자원 투자에 큰 관심을 보이고 있습니다."

슈티로프 대통령의 말처럼 현대그룹은 국내 기업 중에서 가장 적극적으로 러시아 자원개발사업에 임하고 있었다.

특히 러시아 자원개발 1호인 현대는 스베틀라야 산림개발로 올 초부터 채굴된 목재를 이미 국내로 반입하고 있었다.

현대그룹은 그동안 러시아 측과 자원개발을 위해 의향서를 교환한 프로젝트만 7개 정도로, 사할린 대륙붕 유전 및 가스전, 칼믹공화국 유전, 연해주 파르티잔 석탄, 엘킨스코 석탄개발사업 등이 있었다.

대우그룹의 김우중 회장도 지난 6월 말 러시아를 방문하여 옐친 대통령을 만나 사하공화국 내의 가스전과 사할린 지역의 자원개발에 대한 투자 의지를 내보였다.

그러나 이러한 투자와 대형 프로젝트는 러시아 내의 정치적인 부분과 경제적인 불안감이 가시지 않고 있어서 합의 계약을 체결하더라도 자칫 현지 사업 파트너가 없어질 가능성이 컸다.

현재 러시아의 국영기업들과 민간회사들도 살아남기 위해서 체질개선과 민영화 작업이 이루어지고 있기 때문이었다.

또한 혹독한 자연환경을 가지고 있는 시베리아지역의 자원개발사업에는 기술적 부분과 인적 문제 등 많은 걸림돌이 존재했다.

"한국 기업들이 이곳에 관심을 두는 것은 환영할 일입니다. 하지만 대통령께서도 아시는 바와 같이 협정서 체결은 많았지만, 실질적인 투자가 이루어진 것은 한두 건에 지나지 않습니다. 그것도 아주 적은 금액만 이루어졌지요."

슈티로프 대통령도 올 초 한국을 방문했었다.

그는 여러 곳을 다니며 투자유치를 노력했지만, 성과는 그다지 없었다.

슈티로프가 방문할 시기에는 이미 국내 기업들의 관심은

중국에 쏠려 있었다.

이른 시일 내에 이득을 얻고자 하는 국내 기업들의 정서
에는 오랜 시간과 투자 리스크가 큰 자원개발사업은 그다
지 매력적이지 않았다.

그래서 대부분 단독투자보다는 여러 기업들이 컨소시엄
을 형성해 투자하는 형태를 취했다.

하지만 이런 컨소시엄은 의사결정이나 일의 진행이 느렸
다.

"음, 솔직히 그 점이 안타깝습니다. 사하공화국을 제대로
조사하고 경험했다면 얼마나 매력적인 곳인지 알 수 있을
텐데 말입니다."

"한국 기업들은 대부분 기업의 총수가 모든 사업에 대한
의사결정을 합니다. 그들의 관심은 단 하나입니다. 과연 돈
이 될 수 있는 사업인가 아닌가 입니다. 그것도 빠른 시일
안에 이루어지는 사업이야만 합니다. 그런데 이곳은 한국
기업이 이득을 내기 위한 인프라와 전문 인적자원이 많이
부족합니다."

러시아의 다른 지역도 마찬가지였지만 사하공화국은 더
심했다.

한반도의 30배가 넘는 땅덩어리에 인구가 고작 80만도
안되는 곳에 한국과 같은 기업 환경 조건을 제시할 수는 없

었다. 그리고 그것이 현지 투자를 막는 이유가 되었다.

"음, 무슨 말씀인지 알겠습니다. 그럼 어떻게 해야만 되겠습니까?"

"사하공화국과 함께 미래를 걸 수 있는 기업에게 모든 걸 주서야 합니다. 그러려면 독과점으로 가야 합니다. 기업이 가진 모든 걸고 투자할 수 있게 말이지요."

나는 내가 가지고 있는 생각을 펼쳐 놓았다. 그리고 난 과감하게 사하공화국에 모든 걸 투자할 용의가 있었다.

"그런 기업이 어디 있습니까?"

슈티로프 대통령이 궁금한 듯 물었다.

"제가 할 수 있습니다."

나는 슈티로프의 얼굴을 정면으로 바라보며 말했다.

"하하! 강태수 대표님께서는 알로사만을 원하시지 않습니까?"

슈티로프는 내 말을 믿지 못하겠다는 듯이 되물었다.

"물론 알로사도 필요로 하지만 저는 노바테크의 인수 또한 진행하고 있습니다."

나의 말에 슈티로프 대통령의 눈이 동그랗게 커졌다. 이때를 위해서 나는 노바테크 인수에 관한 말을 아꼈었다.

"정말입니까? 정말 노바테크를 강태수 대표님이 인수하시는 것입니까?"

"예, 제가 인수를 할 것입니다. 그리고 이번 달 내로 룩오일에서 코뷔트킨스크에서 발견한 대규모 가스전에 관해서 발표가 있을 것입니다."

일부러 슈티로프에게 코뷔트킨스크에서 발견한 가스전 이야기를 꺼냈다.

"어느 규모가 정도나 됩니까?"

슈티로프 대통령이 궁금한 듯 물었다. 가스전이 발견되면 그 규모에 따라서 투자되는 것이 달라진다.

"확인된 매장량은 8조 입방피트입니다. 대한민국 전체가 8년간 쓸 수 있는 양이지요. 이 모든 게 과감한 투자에서 나온 결과입니다. 가스전이 발견되기 전 룩오일은 이 지역에 미화로 1천만 달러를 투자한 상태에서 다시금 1천 5백만 달러를 과감하게 추가로 투자했었습니다."

추정 매장량 아닌 확인 매장량이 8조 입방피면 대단한 양이었다.

작년 말 사하공화국에서도 야쿠트 가스전이 노바테크에 의해 발견되었지만, 확인 매장량은 9천억 입방피트였다.

"정말 부러운 일입니다. 앞서 말씀하신 대로 한국과 일본 기업들에서 투자 의견을 받았지만, 실질적으로 투자가 이루어진 곳은 아직 없습니다. 강태수 대표님의 말씀처럼 사하공화국과 모든 걸 함께할 수 있는 기업이라면 독과점도 생각해 볼 수 있는 일입니다."

슈티로프 대통령은 그제야 내 말을 진심으로 받아들이는 눈치였다.

"만약 사하공화국에서 알로사의 지분을 양도해 주시면 그에 따르는 이익을 사하공화국에 돌려드릴 것입니다. 이 말이 진심임을 알려드리기 위해서도 사하공화국에 알로사와 상관없이 학교를 설립해 드리겠습니다."

"하하! 듣기 좋은 말씀입니다."

"사하공화국의 미래를 위해서라도 전문인력을 외부에서 끌어오는 것이 아니라 장기적으로 내부에서 키워나가야 합니다. 저는 이곳에 전문기술자를 양성할 수 있는 산업대학교까지 설립할 용의가 있습니다."

야쿠츠크에 국립대학교가 있었지만, 사하공화국에는 고등 교육을 제공할 학교가 부족한 상태였다.

더구나 재정 부족으로 러시아연방 정부에 요청한 교육지원사업들이 제대로 이루어지지 않고 있었다.

나의 정성이 담긴 제의에 슈티로프 대통령의 마음이 흔들리는 모습이 역력했다.


점심을 먹으면서 슈티로프 대통령과 허심탄회한 이야기를 나누었다.

12시에 시작한 점심시간은 오후 3시까지 길게 이어졌다.

그러는 동안 슈티로프는 나의 진심을 알게 되었고 러시아에서 내가 진행하고 있는 사업 규모를 정확히 파악하는 계기가 되었다.

"정말 가능하시겠습니까?"

슈티로프는 다시 한 번 확인하듯 물었다.

나는 슈티로프에게 알로사 인수를 포함하여 사하공화국의 지하자원 개발과 인프라 건설에 10억 달러를 올해와 내년에 걸쳐 즉각적으로 투자하겠다고 말했다.

기업 간의 컨소시엄도 아닌 개별 기업에서 10억 달러를 투자한다는 것은 사실 힘든 일이었다.

보통 자원개발사업에 수억 달러를 투자해도 장기간에 걸쳐서 진행하는 것이 정석이었다.

자칫 사업이 본궤도에 올라서서 이익을 내기도 전에 투자금액이 과도하게 집행돼 투자 기업 자체가 힘들어지는 경우가 많았다.

"물론입니다. 올해가 가기 전에 4억 달러를, 내년에는 6억 달러의 자금을 투자하겠습니다. 투자되는 자금 규모는 달라지겠지만 2년이 지난다 해도 투자는 지속해서 이루어질 것입니다."

단지 2년간만 투자해서 될 문제가 아니었다.

"하하하! 그렇게만 된다면야 저는 강태수 대표님과 진정으로 함께하고 싶습니다. 그런데 한국의 현대그룹이나 대우그룹처럼 큰 회사가 아닌데도 십억 달러나 되는 투자금의 조달이 가능하신지요?"

슈티로프 대통령에게 나는 러시아에서 운영하는 회사들에도 상당한 신규 자금이 투자되었다는 것을 말해주었다.

거기에 알로사와 노바테크의 인수 자금에다가 사하공화국의 개발투자자금까지 슈티로프가 생각해도 들어가는 자금 규모가 너무 커 보였다.

현재 내가 가지고 있는 현금은 모로코의 페즈은행에서 찾아온 5억 7천만 달러와 금괴를 팔고 남은 3천만 달러가 다였다.

"자금 걱정은 하지 않으셔도 됩니다. 현재 제가 운영하는 소빈뱅크에 6억 달러의 여유 자금을 보관하고 있습니다. 원하신다면 현금이 들어 있는 계좌를 보여드릴 수 있습니다."

현재 러시아에서 6억 달러의 현금을 보유한 회사는 없었다.

"하하하! 아닙니다. 이렇게까지 말씀하시는데 의심을 한 제가 부끄럽습니다. 설마 그 정도까지 준비하고 계시는지 몰랐습니다. 제가 만나본 여러 기업의 총수들은 말로는 모든 것이 가능하다고 말했지만, 강태수 대표님의 말씀처럼 행동으로 옮겨진 것이 하나도 없었습니다. 럭키상사가 올해 투자하기로 한 유연탄광 합작개발사업도 내년으로 미루어졌습니다."

럭키상사(LG상사)는 사하공화국의 야쿠트우골사 등과 합작으로 총 5백 10만 달러를 투자하여 매장량 2억 3천만 톤 규모의 에렐 유연탄광을 개발하기로 했다. 채굴된 유연탄은 국내와 제3국으로 수출하려는 계획이었다.

하지만 러시아의 불안정한 정세를 핑계로 투자가 내년으로 미루어졌고 언제 다시 투자할지는 모르는 일이었다.

"저는 러시아를 아끼고 사랑합니다. 진심으로 사하공화국과 평생을 함께할 수 있는 전략적 동반자가 되고 싶습니다."

사하공화국 내의 지하자원 개발권 모두를 내가 소유한다면 앞으로 웬만한 국가와 대결해도 뒤지지 않을 자신이 있었다.

"음, 좋습니다. 강태수 대표님이 하신 말씀과 지금까지 러시아에서 보여주신 신뢰를 믿겠습니다. 저희 사하공화국이 소유한 알로사 지분을 모두 넘기겠습니다. 또한 노바테크의 인수가 결정되면 알로사와 노바테크에게 사하공화국 내의 지하자원 개발권을 모두 일임하겠습니다."

슈티로프 대통령은 통 큰 결정을 내렸다.

그는 사하공화국으로 투자를 유치하기 위해 한국과 일본, 그리고 미국의 기업들을 방문하고 만났지만 대부분 듣기 좋은 말치레에 불과했다.

더구나 투자를 위해서는 사하공화국이 현지 인프라에 대한 상당한 투자를 전제로 한 조건들이 많았다.

현재의 러시아연방 정부와 사하공화국의 재정 상태로는 불가능한 조건이었다.

그런 상황을 알고 있던 나는 다른 기업들이 사하공화국에 제시한 조건을 단 하나도 요구하지 않았다.

'드디어 큰 그림을 그려 나갈 수 있는 밑바탕이 준비됐구나.'

"정말 감사합니다. 오늘의 결정을 절대로 후회하지 않도록 최선을 다하겠습니다."

나는 오른손을 내밀어 슈티로프 대통령에게 악수를 청했다. 그는 주저 없이 내 손을 두 손으로 잡았고 나도 그의 손을 양손으로 감싸 쥐었다.

**Chapter 12**

　사하공화국이 가진 알로사 주식을 전량 나에게 넘긴다는 말에 야쿠츠크 주가 소유한 알로사 지분 9% 또한 내게 넘겨주기로 했다.

　사하공화국의 25%와 야쿠츠크 주의 9%를 합하면 알로사 지분 34%를 고스란히 내가 소유하게 된다.

　거기에 알로사 직원들이 소유한 지분 4%도 사들이기로 했다. 이를 위해서 미화로 1억 8천만 달러를 사하공화국과 야쿠츠크 주에 지급하기로 합의했다.

　러시아 정부가 넘겨주기로 한 30%를 합하면 총 68%의 알로사 지분을 소유하게 된다.

이 정도면 외부의 간섭 없이 알로사를 운영할 수 있었다.

나는 곧바로 도시락과 룩오일이 사업 주체가 되는 투자
협정서를 사하공화국과 맺었다.

투자지원회사는 소빈뱅크가 맡았다.

다른 기업들과의 컨소시엄이 아닌 모두가 내가 소유한
기업이 바탕이 된 것이다.


슈티로프 대통령에게 약속한 대로 야쿠츠크와 네륜그리
에 초등학교를 세우기 위해 2백만 달러를 투자하기로 했다.

네륜그리는 야쿠츠크 다음으로 인구가 많았고 사하공화
국에 거주하는 고려인의 대다수가 살았다.

야쿠츠크와 네륜그리에 세워지는 초등학교에서는 한글
도 가르칠 예정이다. 더구나 네륜그리에는 대한민국의 역
사와 전통을 가르치게 될 한국 학교가 설립된다.

한편으로 야쿠츠크 공항의 현대화를 위해서 2천 5백만
달러를 투자하고 그에 해당하는 지분만큼 받기로 했다.

궁극적으로는 야쿠츠크 공항을 정점으로 하는 항공사를
설립할 생각도 있었다.

또한 1천 8백만 달러를 투자해 야쿠츠크에 대형 상점 2곳
과 종합병원을 개원하여 주민들의 생활필수품 공급과 편의

를 돕기로 했다. 곧바로 타당성 조사를 위해서 인원이 투입되었다.

잇따른 투자 결정에 슈티로프 대통령은 얼굴에는 웃음꽃이 피었고 소식을 들은 주민들 모두가 기쁨을 감추지 못했다.

사하공화국에 대한 투자는 여기에 그치지 않을 예정이다.

노바테크의 인수가 결정되면 더 큰 선물 보따리를 사하공화국에 안겨줄 생각이었다.

이러한 투자 자금을 갖추기 위해서 돌아오는 9월 16일 수요일에 조지 소로스의 퀀텀 펀드보다도 더 많은 돈을 벌어들일 계획이었다.

*        *        *

알로사의 지분 인수와 관련된 세부 협의를 위해 실무관계자들을 사하공화국에 남겨두고 나는 모스크바로 돌아왔다.

사하공화국과 야쿠츠크 주가 소유하고 있던 알로사 지분 인수 사항은 당분간 외부에 발표하지 말아 달라고 슈티로프 대통령에게 부탁했다.

자칫 이 사실이 알려지면 러시아 정부가 내게 넘겨주기로 한 알로사의 지분 30%를 변동시킬 수 있었다.

"후! 이렇게 진행하다간 학교 생활을 병행할 수 없을 것 같은데."

시간이 너무 부족했다.

여름방학이 끝나면 학교와 일터를 오가는 일이 더 힘에 부칠 것이 분명했다.

'박영철 차장의 말을 받아들이는 것이 좋을 것 같다.'

안기부의 박영철 차장은 나에게 군대 문제를 해결해 주겠다고 했다.

사실 군대는 이미 과거로 오기 전에 충분히 경험했다.

알로사와 노바테크의 문제보다 사하공화국 자체를 거대한 기업군으로 만들고 싶다는 생각이 머릿속에서 떠나지 않았다.

북한의 노동인력과 남한의 기술, 그리고 사하공화국의 자원이 삼박자로 맞아떨어진다면 엄청난 시너지 효과가 날 수 있었다.

"이건 분명 하늘이 내게 준 기회야. 이걸 놓칠 수는 없어."

사하공화국은 러시아연방에 속하지만, 독립적인 자치권을 가지고 있는 공화국이었다. 그곳의 모든 개발권이 내 손아귀에 들어오고 있었다.

생각이 정리되자 나는 망설임 없이 박영철 차장에게 전화를 걸었다.

"강태수입니다. 일전에 이야기를 나누었던 군대 문제를……."

박영철 차장은 이미 내 군대 문제를 해결할 방안을 모두 갖춰놓고 있었다.

블루오션은 내가 러시아에 있는 사이 병역특례업체로 병무청에 등록되어 있었고 특례인원까지 배분된 상태였다.

네 명의 인원이 배정되었고 나를 비롯한 3명이 더 병역특례로 블루오션에 근무할 수 있었다.

"하하! 감사합니다. 서울에 돌아가면 근사한 저녁을 대접하겠습니다. 그럼 서울에서 뵙겠습니다."

한시름 놓을 수 있었다. 서울로 돌아가면 학교에 군대 문제로 휴학계를 제출할 생각이다.

2~3년간 사하공화국을 완벽한 나만의 제국으로 건설할 수 있는 시간을 번 것이다.

나는 다시 수화기를 들어 대통령 비서실장인 세르게이에게 연락을 취했다.

노바테크의 인수 작업을 하루라도 앞당기기 위해서였다. 내가 가진 모든 역량을 쏟아야 할 시기였다.

$*$     $*$     $*$

종로구 계동에 있는 현대그룹의 전략회의실에서는 사할린과 동시베리아를 비롯한 극동지역 진출에 관한 회의가 벌어지고 있었다.

현대그룹의 미래 청사진 중 하나가 러시아에서 개발된 가스전을 중국을 거처 북한을 통해서 남쪽으로 연결하는 자원 실크로드였다.

더 나아가 한국의 여수와 부산에서 출발한 기차가 서울을 거쳐 철원과 원산, 그리고 나진과 하산을 지나 시베리아 횡단 열차를 통해서 유럽으로 이어지는 신실크로드도 구상하고 있었다.

"갑작스럽게 사하공화국에서 모든 개발협력협정을 무효화한다는 통보를 해왔습니다."

시베리아 자원개발사업의 책임을 맡고 있는 현대상사의 박세영 사장의 말이었다.

"무슨 소리야?"

이 보고에 특유의 목소리로 현대그룹의 정주영 회장이 물었다.

현재 국민당을 창당하여 정치인이 된 정주영은 그룹 회

장직을 올해 4월 동생인 정세영 회장에게 물려주었다.

그룹 내의 모든 일에서 손을 떼었지만, 러시아와 북한이 관련된 자원개발사업만은 유일하게 직접 챙기고 있었다.

"자세한 상황은 아직 모르겠습니다. 갑작스러운 통보라 진위를 확인 중에 있습니다."

올해 말 치러지는 대통령 선거에 당당히 후보로 나서려는 정주영 회장은 자신이 그려온 극동지역의 자원개발사업을 대선 공약으로 발표할 생각이었다.

"일 처리를 어떻게 하는 거야?"

정주영의 입에서 불호령이 떨어졌다.

"죄송합니다. 먼저 사할린 대륙붕 유전과 연해주 파르티잔 석탄 개발사업에 집중하느라 사하공화국과의 협정 진행은 내년으로 밀어두었습니다."

현대그룹은 극동지역 자원개발 투자사업을 7개나 추진하고 있었다.

대우그룹과 고합그룹도 러시아에서 자원개발사업을 진행하고 있었지만, 현대가 가장 많은 일을 벌이고 있었다.

하지만 상당한 자금이 투자되는 사업이라 실질적으로 자본이 투자되어 움직이는 사업은 한두 개뿐이었다.

사하공화국의 가스전 개발사업은 규모가 커 다른 국내 기업들과 컨소시엄을 통해서 진행하려고 했다.

사실 개발협정서 체결뿐이었고 실질적인 투자가 약속된 시기에 이루어진 것도 아니었기에 사하공화국의 통보에 강력하게 이의제기를 할 상황도 아니었다.

"연해주와 사할린도 중요하지만, 사하공화국의 사업도 아주 중요하니까. 소식을 기다리지 말고 박 사장이 직접 가서 확인하고 처리해!"

"알겠습니다."

정주영 회장의 말에 현대상사의 박세영 사장은 고개를 숙이며 말했다.

"현대는 물론이고 앞으로 이 나라가 먹고 살아갈 길이 여기에 달렸다고 생각하고 일을 하자고."

정주영은 이 말을 마치고 회의실을 떠났다. 그의 머릿속에서 그려지는 유라시아의 꿈은 크고 원대했다.

\*       \*       \*

스베르 건물로 세르게이 비서실장이 찾아왔다.

다른 곳에서 만나는 것보다 스베르에서 만나는 것이 안전하다는 것을 그도 잘 알고 있었다.

스베르 건물이 위치한 주변 일대는 코사크 경비회사에 의해서 완벽하게 보호되고 있었다.

그뿐만 아니라 외부 도청을 방지하는 시스템까지 건물 내부에 설치했다.

"사하공화국에는 잘 다녀오셨습니까?"

내가 사하공화국에서 3일간 머물다 돌아온 것을 세르게이는 알고 있었다.

"예, 유익한 시간을 보내고 왔습니다."

"하하하! 좋은 시간을 보내셨다니 제가 다 기쁘네요. 절 보자고 하신 이유가 무엇입니까?"

세르게이는 곧바로 본론을 물어왔다.

"노바테크의 인수를 앞당길 수 있게 도와주십시오."

내가 노골적으로 세르게이에게 도움을 요청은 적은 이번이 처음이었다.

"노바테크의 인수가 그렇게나 중요합니까?"

세르게이는 내가 직접적으로 자신에게 도움을 요청한 것이 의외라는 듯 물어왔다.

"예, 룩오일과 노바테크가 하나가 된다면 상당한 시너지 효과가 나타날 수 있습니다. 슈티로프 대통령과의 협상이 잘 이루어졌습니다. 저희가 노바테크를 인수하게 되면 사하공화국 내의 개발권과 시추권을 모두 가질 수 있게 됩니다."

슈티로프 대통령과 나누었던 이야기를 솔직히 말해주었

다. 세르게이는 룩오일의 지분을 가지고 있어 룩오일이 성장할수록 그 또한 이익이 늘어난다.

"하하하! 역시 강태수 대표님의 수완은 보통이 아니십니다. 고집불통인 슈티로프를 어떻게 구워삶으셨습니까?"

세르게이가 만면에 웃음을 띠며 말했다.

그의 말처럼 러시아 연방정부 내에서는 사하공화국의 슈티로프 대통령을 외골수적이고 꽉 막힌 인물로 보고 있었다.

"충분히 사하공화국에도 이익이 되는 조건을 제시했습니다."

"하긴 강 대표님은 받은 만큼 돌려주시는 분이시니. 제가 어떻게 해드리면 되겠습니까?"

"이번 달 안으로 노바테크사의 민영화 작업이 성사되면 좋겠습니다. 빠르면 빠를수록 좋습니다."

"알겠습니다. 제가 쇼린 부총리에게 이야기를 잘 전달하겠습니다."

세르게이는 흔쾌히 내가 원하는 대답을 했다. 세르게이와 쇼린은 정치적 동반자이자 상당히 막역한 관계였다.

"감사합니다. 이건 생일을 맞이하신 타치아나 여사님께 드리는 제 선물입니다."

내가 내민 것은 이번 사하공화국을 방문했을 때 구매한

다이아몬드와 백금으로 만든 브로치로, 15만 달러짜리였다.

타치아나는 세르게이의 부인이었다.

"하하하! 언제 이런 걸 다 준비하셨습니까?"

상자에 담긴 내용물을 확인한 세르게이의 입가에는 웃음꽃이 피어났다.

"마음에 든 선물을 발견한 것뿐입니다. 그리고 언제 다시 한 번 타치아나 여사님의 요리를 맛볼 수 있게 해주십시오."

이전 러시아 방문 때에 세르게이 비서실장의 초대로 저녁 식사를 함께했었는데, 타치아나가 직접 만든 요리가 일품이었다.

특히 러시아 전통 요리로 쇠고기를 사워크림 소스로 끓였던 비프 스트로가노프가 정말 맛있었다.

"강태수 대표님은 언제든지 환영합니다."

"하하! 그럼 제가 다음번에 모스크바를 찾을 때 한 번 더 실례하겠습니다."

"한 번이 아니라 언제든지 그냥 오시면 됩니다. 하하하! 노바테크는 염려하지 마십시오."

그가 이렇게까지 말하면 안심해도 좋았다.

내가 직접 책임자인 쇼린 부총리에게 이야기하는 것보다

효과가 확실했다.

*　　　*　　　*

강태수가 사하공화국을 방문했을 때, 드비어스사의 오펜하이머 회장은 자신의 인맥을 총동원하여 알로사와 관련된 정보를 수집하고 관련된 인물들을 만나고 다녔다.

드비어스의 영향력은 강태수가 생각한 것보다 더 막강했다.

오펜하이머 회장이 만난 인물들은 옐친 대통령과 체르노미르딘 연방총리를 비롯하여 쇼린 부총리 등과 같은 행정부 인물들은 물론이었고, 러시아 국회의장과 영향력을 행사할 수 있는 정·재계의 인물들이 총망라되었다.

더구나 오펜하이머는 이들과 만나는 자리마다 고가의 선물을 풀었는데, 그가 모스크바에 도착한 지 4일 만에 1백 7십만 달러가 로비로 사용될 정도였다.

오펜하이머 회장은 오늘도 쇼린 부총리와 점심을 먹으며 이야기를 나누고 있었다.

"다이아몬드 가격이 제값을 받게 된 것은 얼마 되지 않았습니다. 이러한 상황에서 알로사가 독자적인 길을 가게 된다면 안정적으로 성장해 나가는 다이아몬드 시장이 자칫 크게 흔들릴 수 있습니다."

작년부터 러시아를 비롯하여 호주와 캐나다 등에서 새로운 다이아몬드 광산들이 발견되고 생산량이 늘어나면서 드비어스 연합 광산회사의 재정적인 능력으로는 다이아몬드의 전체 채석량을 매입하기 힘든 상황이 발생하기 시작했다.

거기에 전 세계 다이아몬드 원석 생산량의 15.5%를 차지하고 있는 러시아의 알로사가 이탈한다면 드비어스사에는 큰 타격이 될 수 있었다.

"그 점에 대해서는 저희도 충분히 고려해서 내린 결정이었습니다."

쇼린 부총리는 담담하게 말했다.

"저희 드비어스와 알로사와는 25년간 신뢰를 바탕으로 거래를 해왔습니다. 갑작스러운 이러한 결정은 국제관계에서도 악영향을 끼칠 수 있습니다."

다이아몬드 거래가 이루어지는 CSO(Central Selling Organization, 중앙판매기구)가 있는 런던에서는 러시아의 이번 조치에 우려 섞인 성명서가 존 메이저 영국 총리의 이름으로 발표되었다.

이 모든 게 드비어스의 로비에 의해서였다.

"물론 오펜하이머 회장님의 우려를 저희도 충분히 공감

합니다. 하지만 그동안 제대로 된 가격을 받지 못한 채 다이아몬드 원석을 넘겼다는 점도 고려하셔야 합니다."

"그 점에 대해서는 저 또한 인정합니다. 그래서 저희가 이번 계약부터는 10%를 인상해 드리겠습니다. 또한 국제시세의 변동 폭에 따라서 추가로 보상안을 마련하겠습니다."

오펜하이머는 다른 국가에는 지금까지 적용하지 않았던 상당히 좋은 조건을 제시했다.

"진작 이러한 조건을 제시해 주셨다면 알로사의 매각은 이루어지지 않았을 것입니다. 이미 대통령의 특별조치령에 따라서 법적 조치가 진행되고 있습니다."

쇼린 부총리는 생각 같아선 오펜하이머 회장의 조건을 받아들이고 싶었다. 하지만 이미 대통령 특별조치령에 따른 법률적인 조치가 이행되고 있었다.

"좋습니다. 그러면 저희도 알로사 지분 인수에 참여할 수 있게 해주십시오."

오펜하이머는 알로사의 지분을 획득해서라도 영향력을 행사하려는 계획이었다.

드비어스의 로비 때문인지 언론과 국회의원들에게서 러시아의 국부를 더는 헐값으로 팔아서는 안 된다는 압력이 들어오고 있었다.

거기에 한 기업에 알로사의 지분을 모두 넘겨주면 반드

시 비리가 발생한다고 여론몰이를 하고 있었다.

이러한 압력에 알로사의 민영화 작업 책임자인 쇼린 부총리 또한 고민이었다.

'그의 말이 틀린 것은 아니다. 여러 회사들이 공개적인 입찰을 통한다면 더욱 좋은 가격에 지분을 팔 수 있다.'

"알겠습니다. 드비어스사의 요구를 긍정적으로 검토하도록 하겠습니다."

"정말 감사합니다. 저희 드비어스는 러시아와 가장 좋은 조건으로 협력할 준비가 되어 있습니다."

쇼린 부총리의 말에 오펜하이머 회장은 상당히 만족스러운 표정으로 말했다.

쇼린 부총리와 처음 만났을 때는 이러한 말이 통하지 않았었다.

＊　　　＊　　　＊

세르게이가 돌아가고 얼마 뒤에 뜻밖의 전화가 걸려왔다. 전화를 건 주인공은 다름이 아닌 드비어스의 오펜하이머 회장이었고 나를 만나고 싶다는 말이었다.

난 그 제의를 받아들였다. 언젠간 한 번은 만나야 하는 인물이었기 때문이다.

그리고 정확히 1시간 후에 스베르로 날 찾아왔다.

전통적인 영국 신사의 이미지가 풍기는 오펜하이머는 남아공에서 태어났지만, 영국의 명문사립 해로스쿨과 옥스퍼드대를 졸업했다.

그는 드비어스의 본사가 있는 남아프리카 공화국 요하네스버그와 영국 런던을 오가며 사업을 진행하고 있었다.

"하하! 정말 만나 뵙고 싶었습니다. 제가 러시아에서 누굴 만나도 강태수 대표님의 이야기를 들었습니다."

사십 대 중반인 오펜하이머는 웃으면서 나에게 손을 내밀었다.

하지만 그의 웃음 뒤에는 날카로운 비수를 숨기고 있었다.

"저도 만나 뵙고 싶었습니다."

악수를 하자마자 오펜하이머는 건물 바깥으로 보이는 풍경에 둘러봤다.

"전망이 정말 멋집니다. 이런 멋진 곳에서는 좋은 아이디어들이 저절로 떠오를 것만 같습니다."

"예, 저녁노을이 질 때면 아름다운 풍광을 볼 수 있어서 더욱 좋습니다. 저리로 앉으시지요."

나는 오펜하이머에게 의자를 권했다.

"감사합니다. 이곳의 경비도 정말 철저하더군요. 모스크바에서 이곳만큼 안전한 곳이 없을 것 같습니다."

"모스크바에서 사업을 하려면 안전이 최우선이지요."

"맞는 말씀입니다. 마피아들이 이렇게까지 힘을 쓰고 있는지를 이곳에 와서야 알았습니다."

오펜하이머는 알로사에 관한 이야기를 꺼내지 않고 있었다.

"마피아란 문제만 없다면 모스크바는 참으로 매력적이고 아름다운 도시입니다."

"저도 그 말에는 동감합니다. 그래서 말입니다만 이 매력적인 모스크바에서 저희 드비어스와 강태수 대표님이 좋은 협력관계를 맺었으면 합니다. 마피아들처럼 치고받고 싸우지 않고서 말입니다"

오펜하이머는 수집한 정보를 토대로 옐친 대통령이 발표한 알로사에 대한 특별조치가 나의 아이디어라는 것을 알게 되었다.

'뭔가 알고 있는 말투인데⋯⋯.'

"저는 누구와 싸우는 것을 좋아하지 않습니다. 하지만 정정당당한 경쟁에서는 절대 물러서는 성격이 아닙니다."

"하하하! 저도 같은 생각을 하고 있습니다. 그런데 문제는 정정당당한 경쟁을 한다고 해서 언제나 좋은 결과가 나오지는 않는다는 것이지요. 물론 제 경험상의 이야기입니다. 저는 기존에 알로사와 맺었던 계약을 쭉 이어갔으면 하는 바람입니다. 알로사가 독자적인 길을 걷는다는 것은 너무 무모한 행보라고 할 수 있습니다."

오펜하이머는 아직 알로사의 주인이 결정되지도 않았는데도 날 마치 알로사의 소유주로 여기듯이 말했다.

'확실히 알고 찾아왔구나.'

"무슨 말씀인지 모르겠습니다만 알로사는 제 회사가 아닙니다."

"물론 아직은 아니지요. 하지만 얼마 있지 않아서 소유주가 바뀌지 않습니까? 제가 만난 러시아의 친구들은 모두 강태수 대표님이 알로사를 인수하는 거로 알고 있었습니다."

"그 친구분들이 누구인지는 모르지만, 아직 결정된 것은 아무것도 없습니다. 그리고 만약 알로사의 주인이 결정된다면 지금까지 공정하지 못했던 계약을 바꾸는 데 노력할 것으로 생각되긴 합니다."

"좋습니다. 저희가 기존 가격보다 10%를 인상해 드리겠습니다."

'10%라 나쁘지 않은 인상률이지만 그걸 바라고 알로사를 인수하려는 것이 아니지……'

"솔직히 말씀드리면 알로사의 인수에 관심이 있습니다만 아직 아무것도 결정된 것이 없습니다."

"저도 이 나라에 적지 않은 친구들이 있고 그들의 도움도 받고 있습니다. 이미 사하공화국의 지분을 손에 넣지 않으셨습니까?"

'드비어스의 가진 정보력이 대단하다고 했는데 거짓은 아니었군.'

오펜하이머의 말에 순간 내 표정이 흔들릴 뻔했다.

"사하공화국에 협조를 요청한 것은 사실입니다. 그렇다고 알로사를 인수했다고는 할 수 없습니다. 러시아 정부가 가장 많은 지분을 소유하고 있으니까요."

"맞는 말씀입니다. 그래서 저희도 러시아 정부가 진행하는 알로사 지분 매각에 참여하기로 했습니다."

'무슨 소리지? 알로사 지분 매각은 내가 독점으로 받기로 했는데…….'

러시아 정부가 소유하고 있는 알로사 지분 56% 중에서 30%를 나에게 독점으로 넘기기로 약속했었다.

그런데 지금 드비어스가 알로사의 지분 매각에 참여한다는 것은 규정이 바뀌었다는 말이었다.


드비어스의 오펜하이머 회장은 나에게 여러 가지 제안을 펼쳤지만 그다지 구미가 당기는 것은 없었다.

그가 돌아간 후 난 고민에 빠졌다.

"드비어스가 참여하게 된다면 인수 가격이 달라질 수 있는데……."

이미 사하공화국과의 알로사 지분 인수 계약은 끝이 났다. 남은 것은 러시아 정부의 지분이었다.

만약 오펜하이머 회장의 말처럼 드비어스가 인수전에 나선다면 30% 모두를 내가 가져올 수는 없었다.

더구나 그렇게 되면 지분 인수에 따른 가격도 당연히 올라갈 수밖에 없다.

'30%에서 적어도 절반은 가져와야지만 알로사를 내 뜻대로 운영할 수 있게 된다.'

현재 사하공화국과 야쿠츠크 주가 소유하고 있던 알로사 지분은 34%, 거기에 직원들이 가지고 있던 4%를 합하면 38%가 된다.

30% 중 적어도 13% 이상의 지분을 가져와야 안심할 수 있었다.

문제는 알로사 지분 인수전에 드비어스만 참여하는 것이 아닐 수도 있다는 것이다.

내가 추진했던 수의계약 형식이 아니라 공개입찰이나 제한 경쟁입찰이 된다면 드비어스뿐만 아니라 조건을 갖춘 다른 기업들도 참여할 수 있게 된다.

"쇼린이 일을 너무 복잡하게 만들어 가는데……."

그때 대표실의 문이 열리고 비서인 이리나가 모스크바에서 발행된 신문들을 스크랩해서 가져왔다.

모두가 이번 알로사 인수와 관련된 기사들이었다.

이리나는 모스크바 국립대학에서 경제학을, 대학원에서 재무학을 공부한 재원이었다.

소빈뱅크에 입사 지원을 했던 이리나였지만 내 설득으로 비서로 채용할 수 있었다.

그녀는 영어는 물론 독일어도 가능한 데다 늘씬한 키와 금발, 그리고 매혹적인 푸른 눈을 가진 미녀였다.

"러시아에서 발행되는 모든 신문에서 5일 동안 모은 알로사 관련 기사들입니다. 대부분 공정한 공개입찰을 통해서 알로사가 팔려야 한다는 취지로 쓴 기사들이었습니다."

"음, 갑자기 알로사의 기사들이 쏟아져 나왔다는 것인데……."

알로사와 관련된 기사는 드비어스의 오펜하이머 회장이 모스크바에 도착한 날부터 갑작스럽게 나오기 시작했다.

이전까지 모스크바 언론에선 알로사의 기사를 전혀 찾아볼 수 없었다.

알로사에 대한 기사는 누군가가 정보를 제공하지 않으면 쓸 수 없는 내용도 들어 있었다.

기사의 내용을 살펴보면 러시아의 앞날과 국영화 기업들

이 민영화되는 과정에서의 문제점을 염려하는 듯했지만 결국 부실한 기업들은 민영화가 되는 게 살길이지만 인수에는 공정한 절차가 있어야 한다는 말로 결론지었다.

누군가에게 의뢰를 받고 쓴 티가 나는 전형적인 기사였다.

"공정성을 갖춘다. 듣기에는 좋은 말이고 당연히 해야 할 일이지만 지금의 러시아에서는 적용할 수 없는 사항입니다."

내 말에 이리나가 고개를 끄떡이며 동조했다.

"맞는 말씀입니다. 더욱 공정함을 갖추어야 하는 언론마저 공정함을 잃은 기사를 내보내고 있으니까요."

"언론이 공정함을 버린 것은 혼란스러운 이 시기에 살아남으려는 하나의 수단이자 선택이지만 그건 이 나라에 있어 불행한 일입니다. 공정성과 맞바꾼 드비어스의 광고는 서로에게 수지가 맞는 장사이기도 하지만요. 경영지원팀은 이제부터 드비어스와 관련된 자료를 최대한 수집하세요."

알로사의 기사가 실린 신문에는 모두 전에 볼 수 없었던 드비어스의 광고가 전면에 5일간 연속해서 실려 있었다.

러시아의 일반 시민들은 드비어스를 잘 알지도 못했고 관심도 없었다. 더구나 모스크바에는 드비어스사가 운영하는 사무실조차 없었다.

"알겠습니다."

이리나가 대표실을 나가자 나는 의자에서 일어나 붉게
타오르고 있는 서쪽 하늘을 바라보았다.

"다이아몬드 카르텔은 이제 깨어질 때가 되었지……. 정
안 되면 쇼린을 직접 만나볼 수밖에."

모스크바에는 광풍이 몰아치듯이 큰 변화의 바람이 불고
있었다.

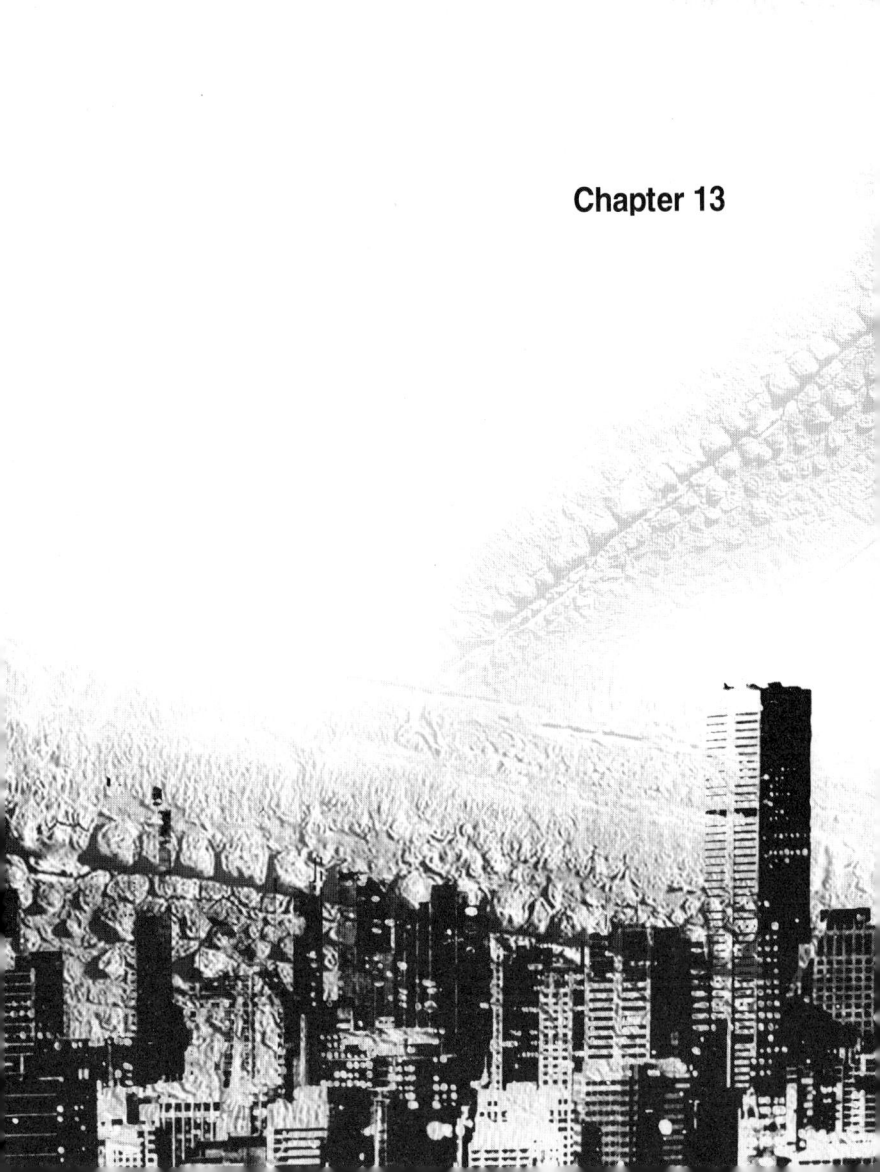

**Chapter 13**

룩오일의 본사에는 수많은 기자가 몰려들었다.

이르쿠츠크의 코뷔트킨스크 사업장에서 발견한 대규모 가스전에 대한 공식적인 발표가 있을 예정이기 때문이다.

계획된 발표 예정일보다 일주일을 앞당긴 것이다.

러시아 국내 기자는 물론 모스크바에 머무는 외신기자들도 참석했다.

발표는 룩오일의 알렉세이 기술이사가 진행했다.

"룩오일에서 이번에 발견한 가스전의 매장 규모는 8조 입방피트이며 내년부터 본격적인 시추에 들어갈 예정입니다. 또한 대규모 유전이 존재할 가능성이 있는 지역을 현재 조사 중에 있으며…….”

알렉세이의 발표에 기자회견장에 참석한 기자들은 놀라는 표정들이었다.

8조 입방피트는 러시아에서 지금까지 발견된 가스전 중에서 2번째로 큰 규모였다. 더구나 에너지기업 중에서 부실기업의 대표적인 전형으로 손꼽혔던 룩오일이 새롭게 도약할 수 있는 발견이자 어려운 경제 상황에 부닥쳐 있는 러시아에도 큰 도움이 되는 일이었다.

작년 초까지만 해도 룩오일은 경영이 힘들 정도로 어려움을 겪었던 기업이었다.

기자들은 알렉세이의 발표에 너도나도 질문을 던지려고 했다.

“8조 입방피트는 추정 매장량입니까?”

“아닙니다. 정확히 확인된 매장량입니다.”

“대규모 유전을 조사하고 있다고 하셨는데 어느 정도의 규모입니까?”

“아직 조사 중입니다만 이번 코뷔트킨스크에 발견한 가스전과 비교해도 전혀 뒤지지 않으리라고 생각하고 있습니다. 정확한 것은 다음에 공식적으로 발표하겠습니다.”

알렉세이의 말에 기자회견장이 술렁거렸다.

"어려움을 겪고 있는 러시아의 다른 에너지기업들과 달리 룩오일이 이러한 일들을 해낼 수 있는 원동력은 무엇입니까?"

독일 외신기자가 질문을 던졌다. 지금도 러시아의 다른 에너지기업들은 구조조정과 그 여파에 따른 파업으로 극심한 혼란을 겪고 있었다. 하지만 룩오일은 구조조정을 했지만 파업은 전혀 없었고 회사를 떠나는 직원들도 큰 불만이 없었다.

"룩오일을 이끌어 가시는 강태수 대표님의 탁월한 경영능력과 합리적인 투자가 끌어낸 결과라고 봅니다. 저희 룩오일은 강태수 대표님의 취임 이후 사업 축소가 아닌 러시아 내의 사업장마다 지속적인 투자를 해오고 있습니다."

알렉세이는 룩오일의 차별성을 이야기했고 내 이름을 전면에 내세웠다.

내 이름이 나오자 현장에 있던 한국과 일본 기자들이 더더욱 놀라는 모습이었다.

"룩오일의 대표가 한국분이십니까?"

한국의 한 신문사 특파원이 질문을 던졌다.

"예, 맞습니다. 나머지는 저희가 배포해 드린 자료를 참조해 주시길 바랍니다."

알렉세이가 발표를 마쳤는데도 기자들은 계속해서 질문을 던졌다. 그중에서 한국과 일본 기자들의 질문 공세가 지속되었지만, 알렉세이는 더는 입을 열지 않았다.

룩오일의 발표는 곧바로 국내외 언론에 보도되었다.

이러한 룩오일의 발표는 드비어스의 언론플레이를 차단하기 위한 포석이었다.

또한 내가 룩오일을 소유하고 나서 달라진 회사의 모습을 보여주기 위한 것도 노림수였다.

러시아의 많은 국영기업의 민영화가 이루어지고 있는 지금 시기에 룩오일처럼 이른 시일 내에 놀라운 성과와 결과물을 보여주는 회사는 없었다. 더구나 민영화가 이루어진 후 인원 감축과 파업으로 얼룩지고 있는 국영기업의 현실에서 룩오일이 시사하는 바는 컸다.

발표가 있고 난 후, 러시아 언론들도 대규모 가스전 발표 이전에 룩오일이 회사 직원들에게 보여주었던 신뢰와 믿음을 조명하고 있었다.

한편으로 내가 모스크바시에서 관리하는 고아원에 100만 달러를 기부했던 일과 지역주민들에게 펼쳤던 구제사업들이 새삼 다시 조명되며 화제가 되고 있었다.

러시아의 언론에서는 부실화가 심각한 러시아의 국영기업에는 나와 같은 구원투수가 필요하다는 말을 하면서 나의 경영 능력을 높이 평가했다.

나는 드비어스와는 전혀 다른 방법으로 여론의 동향을

바꾸어 버렸다.

"내일은 알로사 인수와 관련되어 사하공화국에서 펼치는 공공사업 정보를 언론에 흘릴 예정입니다."

경영지원팀의 일원인 빅토르 최의 말이었다.

사하공화국에 앞으로 세워지게 되는 학교와 병원도 언론에 발표할 계획이다. 기업이 돈을 벌기 위한 사업만이 아니라 현지 주민들과 함께 나눔을 펼칠 수 있는 공공사업에도 힘을 쓴다는 것을 보여주어야만 했다.

진정 러시아에 진짜 필요한 존재가 누구인지를 말이다.

✻　　　✻　　　✻

국내 한 신문사에 독점으로 실린 기사 내용에 시민들은 고개를 갸우뚱했다.

러시아의 코뷔트킨스크에서 대규모 가스전이 발견되었고, 대한민국 전체 국민이 8년 동안이나 사용할 수 있는 양이라는 기사였다.

발견한 회사는 러시아에서 3번째로 큰 에너지기업인 룩오일이며, 그 회사의 대표가 한국인이라는 놀라운 이야기가 실려 있었다.

기사가 나가자 기사의 사실 여부를 묻는 문의 전화가 신문사로 빗발쳤다.

기사 내용이 사실이라면 이건 정말 대단한 일이었다.

"이 기사를 봤나?"

어제 우즈베키스탄에서 돌아온 대우그룹의 김우중 회장이 신문을 들어 보이며 말했다.

그가 먼 우즈베키스탄까지 간 것은 안디잔 주에 위치한 아사카시에 대우자동차 공장을 설립하기 위해서였다.

올해 대우자동차는 GM과 합작관계를 청산하고서 자체적인 독자 모델 개발과 해외 진출에 힘을 기울이고 있었다.

"예, 읽어봤습니다. 한데 솔직히 믿기지 않은 이야기입니다. 신문에 나온 강태수라는 인물은 국내에서 도시락이라는 라면 회사를 운영하고 있다고 합니다."

대답한 인물은 대우그룹 기회조정실을 맡고 있는 장병준 기획조정실장이었다. 직함은 실장이었지만 사장급 인사로, 그룹의 핵심인물 중 하나이자 김우중 회장의 최측근이었다.

"아니, 라면을 만들어 팔아서 룩오일을 인수했다는 말이야? 룩오일이 매물로 나왔을 때 우리도 검토하지 않았었나?"

"예, 대우에서 조건을 검토했었습니다만 러시아 정부의 조건이 까다롭고 절차상의 허가 또한 쉽지 않아서 중도에 포기했었습니다. 인수 금액도 저희가 예상했던 것보다 25% 정도 더 높았었습니다."

대우그룹도 해외 에너지자원개발을 종합상사인 ㈜대우에서 추진하고 있었다.

㈜대우에서도 룩오일의 인수를 시도했었지만, 복잡한 절차와 함께 공개입찰이 아닌 수의계약(임의로 적당한 상대자를 선정하여 체결하는 계약)으로 계약이 추진된다는 정보를 확인한 후 포기했었다.

복잡한 절차는 러시아 정치권의 입김이 통하지 않고는 풀 수 없는 문제였었다. 최종적으로 룩오일을 인수한 인물이 크렘린 궁의 주인을 움직였다는 소문이 돌았었다.

"그런데 강태수라는 친구가 어떻게 해서 룩오일의 주인이 될 수 있었지?"

장병준의 말에 김우중 회장은 이해가 안 된다는 표정이었다.

"그래서 믿기 힘들다는 말씀을 드린 것입니다. 더구나 8조 입방피트의 대규모 가스전을 발견했다는 것도 믿어지지 않습니다. 기사 내용을 종합해 보면 어떤 목적을 갖고 언론플레이를 하는 것이 아닌가 하는 생각이 들었습니다. 정확한 조사를 해봐야겠지만, 도시락이라는 회사가 주식시장에 상장을 준비하기 위해서이거나 아니면 도시락 회사에 투자한 회사에서 자사의 주가를 띄우기 위한 작전일 수도 있습니다."

아직 인터넷이 활성화되지 않을 때였다.

대부분의 일반인들은 주식 투자에 대한 정보를 얻기 위해서 신문이나 언론 그리고 소문을 이용했다.

신문에 대규모 투자나 이익을 내었다는 기사가 나면 다음 날 주가가 올라가는 일이 많았다. 그러나 문제는 기사의 내용이 실제와 다른 적도 많았다는 것이다.

특정한 목적으로 신문기사를 이용하여 주가를 조작하는 행위가 적지 않았다.

"음, 그럴 수도 있겠지. 하지만 이 기사 내용이 사실이라면 정말 대단한 일을 해낸 거야. 강태수라는 인물의 얼굴을 꼭 한번 보고 싶어지는데."

대우그룹의 김우중 회장은 올해를 기점으로써 대우그룹의 해외 진출을 본격적으로 추진하였고 러시아와 중국, 베트남을 비롯하여 아프리카 등의 신시장에 집중적인 투자를 추진했다.

김우중 회장의 머릿속에는 유럽과 미국 그리고 아시아를 중심으로 세계 경제가 급속도로 블록화되고 있는 시점에서 앞으로 단순교역이나 단기적인 해외 생산거점 확보로는 한계가 있다는 판단을 하고 있었다.

국내에 안주하지 말고 해외지역에 본사 거점을 기지화하면서 세계로 뻗어 나가야만 세계적인 기업들과 어깨를 나란히 할 수 있다는 생각을 했다.

김우중 회장은 이러한 자신의 생각을 실현하기 위해 구상 중인 세계경영 프로젝트에는 자동차사업과 에너지개발사업이 큰 비중을 차지하고 있었다. 그러나 강태수는 이미 그가 구상하고 있는 세계경영을 먼저 행동으로 옮기고 있었다.

룩오일의 발표는 러시아는 물론 한국에도 작지 않은 파장을 몰고 왔다.

어려운 경제 상황에서 새로운 대규모 가스전의 발견은 러시아 국민들에게 러시아가 다시 일어날 가능성을 보여주는 희망의 불씨처럼 느껴졌다. 특히나 한국에서는 룩오일의 대표가 한국인이라는 사실에 초점을 맞추었다.

러시아와 일본 그리고 유럽의 신문에도 룩오일의 대표가 한국인이라는 기사가 올라오자 TV 방송은 물론 신문사들까지 도시락 본사가 있는 명동으로 몰려들었다.

"미안합니다만 대표님은 현재 러시아에 계셔서 인터뷰할 수 없습니다."

몰려드는 취재진과 회사로 걸려오는 전화 때문에 업무를 볼 수 없을 정도였다.

"그러니까 언제쯤 오시냐고요?"

방송 기자 하나가 짜증 섞인 말투로 말했다. 도시락 본사에서는 룩오일에 대한 기삿거리를 내줄 만한 자료나 정보가 없었다.

사무실에 있는 직원들도 신문이나 방송을 보고서 도시락과 룩오일이 연관된 것을 알았다.

"그건 저도 정확히 모르겠습니다."

경영기획팀의 한준호 과장이 난감한 표정으로 말했다.

사실 도시락과 룩오일은 아무런 관계가 없었다. 단지 언론 발표에 구색을 맞게 집어넣은 것이다.

"아, 정말! 이렇게 협조해 주지 않으실 겁니까?"

"뭔가 기사를 쓸 수 있는 자료라도 있으면 나눠주든가!"

잔뜩 기대를 하고서 도시락 본사를 찾은 기자들의 볼멘소리가 여기저기서 터져 나왔다.

"저희도 아는 바가 없어서 그렇습니다. 현재 러시아 지사와 연락을 취하고 있습니다. 정확한 정보를 얻는 대로 알려 드리겠습니다."

"그러면 강태수 대표님의 약력하고 경력 사항이나 알려 주세요."

"죄송합니다. 모든 것은 한꺼번에 알려드리겠습니다."

말을 마친 한준호 과장은 재빨리 자리를 떠났다. 자신이 어떻게 할 수 있는 상황이 아니었다.

불만 섞인 기자들에게 도시락의 여직원들이 미안하다는 말과 함께 드링크제를 나눠주었다.

기자들은 도시락에서 공식 발표나 자료를 얻기 전까지는 절대 떠날 기색이 아니었다.

도시락의 직원들은 그들을 바라보며 모스크바에서 강태수의 지시를 초조하게 기다렸다.

*　　　*　　　*

빅토르 최의 보고를 받고 나는 피식 웃음이 나왔다.

도시락으로 몰려온 기자들이 도시락 본사와 공장을 찾아와 떠날 생각을 하지 않는다는 보고였다.

"후후! 한국인이라는 것이 큰 기삿거리가 되겠지."

"한국대사관에서도 연락이 왔습니다. 홍순용 대사가 대표님을 만나 뵙고 싶어 한다는 말과 함께, 언제 시간이 되시는지를 물어왔습니다."

"그쪽도 발등에 불이 떨어졌나 보네. 지금은 알로사와 노바테크 인수에 온 힘을 쏟아야 할 때입니다. 다시 연락이 오면 출장 중이라고 하십시오. 도시락에는 내가 따로 연락을 취하겠습니다."

"예, 알겠습니다."

빅토르 최는 정중히 고개를 숙이며 대표실을 나갔다.

한국만이 아니었다.

러시아는 물론이고 유럽과 미국의 기업들에서도 룩오일이 발견한 코뷔트킨스크의 가스전 지분을 구매하고 싶다는 연락을 끊임없이 취해왔다.

"축배를 들기에는 앞으로 넘어야 할 산이 많지."

가스전 발견으로 끝나는 일이 아니었다.

가스 생산 시설과 그에 따른 주변 인프라도 갖추어야 했지만 가장 중요한 건 가스를 판매할 판매처였다. 기존의 러시아나 동유럽이 아닌 다른 나라를 선택해야 좋은 가격을 받을 수 있었다.


룩오일의 가스전 발표 이후, 러시아 언론의 호의적인 반응 때문인지 알로사의 공개입찰을 추진하던 러시아 부총리인 쇼린은 고민에 빠져들게 했다.

공개입찰을 통해 알로사의 지분을 넘기는 것이 가장 좋은 가격을 받고 팔 수 있는 방법이었다. 하지만 그렇게 되면 알로사의 경영 주체가 어떻게 될지 모른다는 것이 문제였다.

30%의 지분을 한 기업이 다 인수해도 회사의 주인이라 할 수 없었다. 자칫 경영권 다툼으로 회사의 체질이 개선되는 게 아니라 오히려 지금보다 더 악화될 수도 있었다.

그리고 지금 룩오일의 눈부신 변화와 발전이 단 한 사람에 의해서 이루어졌다는 것이 쇼린을 더 갈등하게 만들었다.

"알로사의 지분 판매를 통해서 비어가는 정부 자금을 만들어야 하지만… 문제는 그게 전부가 아니니."

민영화된 국영기업들의 행보는 각각 다 달랐다.

룩오일처럼 모든 부실을 털어내고 새롭게 일어서는 기업이 있는 반면에 몇 달 못 가서 문을 닫는 기업도 많았다.

그리고 그런 기업 중 대다수가 문을 닫기 전 회사의 자산을 외부에 팔아먹거나 빼돌렸다.

"세르게이의 말처럼 강태수는 분명 다른 모습을 보여주고 있지만 그는 외국인일 뿐인데…….'

쇼린은 이래저래 결정을 내리지 못했다. 그는 어제 대통령 비서실장인 세르게이를 만났다.

그와의 만남에서 노바테크의 이야기가 나왔고, 강태수 대표가 노바테크의 민영화를 앞당기길 원한다는 말을 들었다.

자신이 나선다면 충분히 가능한 일이었지만 특정 인물과 기업을 위해서 정부관료가 힘을 쓴다는 것을 쇼린은 좋지 않게 생각하고 있었다.

"어느 것이 러시아를 위하는 것일까? 후유! 결론을 내리기 위해서는 강태수를 만나볼 수밖에는 없겠군."

결단을 내린 쇼린은 책상 위에 있는 전화기를 들었다.


＊        ＊        ＊

스베르에서 얼마 떨어지지 않은 곳에 위치한 고급 레스토랑에서 쇼린과 마주했다.

크렘린 궁에서 인사를 나눈 적이 있었지만 단둘이 만나는 것은 처음이었다.

"직접 연락을 주실지는 몰랐습니다."

쇼린의 전화는 뜻밖이었다.

"강태수 대표님을 한번은 만나 뵙고 싶었습니다. 러시아를 위해서 힘써주시는 것에 대해서는 감사하게 생각하고 있습니다."

쇼린의 말에는 진심이 묻어 있었다.

그도 그럴 것이 한국이 러시아에 제공했던 차관 문제로 옐친 대통령의 한국 방문이 불투명해졌을 때 해법을 제시한 것이 나였다. 한국의 차관 문제는 그의 소관이었다.

"저도 뵙고 싶었습니다. 그 기회가 오늘에서야 이루어지니 정말 기쁩니다."

"감사한 말씀입니다. 제가 강태수 대표님을 뵙자고 한 것은 알로사와 노바테크의 문제 때문입니다."

쇼린 곧바로 본론을 꺼냈다.

"노바테크는 강태수 대표님이 원하시는 방향대로 처리할 생각입니다. 하지만 알로사는 공개적인 절차에 맞춰 처리하는 것이 좋다는 결론을 내렸습니다."

쇼린의 말은 내가 원하고 있는 방향이 아니었다. 그렇다고 러시아의 부총리인 쇼린에게 정면으로 반박할 수도 없는 문제였다.

'지금은 노바테크보다 알로사가 우선인데…….'

"저는 일개 기업인일 뿐입니다. 러시아 정부의 정책에 관여할 생각도, 또한 그걸 바꾸기 위해 노력하지도 않습니다. 단지 말씀드리고 싶은 것은 제가 운영하는 회사가 러시아에 있고, 그 직원의 상당수가 러시아인이며, 그들에게 비전과 희망을 주기 위해 일을 하고 있다는 것입니다. 그러기 위해서는 제 회사가 경쟁력을 갖추어야 하고 이익을 내어야만 합니다. 그러한 과정에서 러시아의 발전에도 이바지한다고 생각합니다."

아주 기본적인 이야기를 쇼린에게 했다. 그 기본을 많은 러시아 기업들이 하지 못하고 있었다.

"맞는 말씀입니다. 그러한 생각을 행동으로 옮기고 계신 강태수 대표님을 존경합니다."

말과 행동을 늘 일치한다는 것은 쉽지 않았다. 그것이 기업을 운영하는 기업인에게는 더더욱 어렵고 힘든 일이다.

더욱이 혼란스러운 러시아에서는 특히 그랬다.

"알로사의 공개적인 입찰에 저희는 참여하지 않겠습니다."

순간 나의 입에서 나온 말에 쇼린이 표정이 달라지는 것이
보였다.

"알로사를 포기하시겠다는 말이십니까?"

"예. 사하공화국의 지분도 포기할 생각입니다."

쇼린은 사하공화국과의 지분 인수 계약을 알고 있었다.

"음, 그렇게 되면 제가 좀 난처하게 될 수 있습니다."

쇼린이 이렇게 말하는 이유가 있는 것은 알로사의 민영
화 계획이 전적으로 내 머리에서 나온 것이기 때문이다.

다시 말해 드비어스와 맺어왔던 불공평한 다이아몬드 공
급 계약을 바꾸는 방법은 내가 제시한 것이었다.

옐친 대통령은 알로사의 민영화 문제를 쇼린에게 일임했
지만, 은근히 알로사를 나에게 넘기길 바랐다.

옐친 대통령의 뜻에 어긋하게 일을 진행하는 것도 쇼린
에게 부담이었다.

"지금의 지분 형태로는 알로사를 인수한다고 해도 저희
쪽에서 할 수 있는 일이 없습니다. 이런 상태라면 차라리
이쯤에서 인수를 포기하고 에너지 사업에 힘을 쏟는 것이
저희에게는 이익입니다."

내 말에 쇼린의 표정이 더욱 미묘하게 변했다.

옐친 대통령의 특별법에 의해서 알로사는 민영화가 될
수밖에 없는 상황이었다.

이런 상황에서 강태수가 빠져나가면 자칫 드비어스가 알로사를 통째로 먹어버릴 수 있었다.

지금은 호의적인 형태로 러시아를 위하겠다는 모습을 보이는 드비어스였지만, 알로사를 인수한 후에는 어떻게 달라질지 장담할 수 없었다.

'이런, 강태수가 알로사 인수를 포기할 거란 생각은 하지 못했는데…….'

내가 이렇게까지 강경하게 나올 줄 쇼린은 생각지 못했다. 그의 의도는 나와 드비어스를 경쟁시켜 알로사의 가격을 높이는 것이었지, 한쪽을 포기하게 만드는 것이 아니었다.

"사하공화국과 약속한 일들은 어떻게 하시려고 그러십니까? 여기서 물러서면 적지 않은 손해를 입으실 텐데요."

사하공화국과의 계약을 철회하면 분명 위약금을 지급해야만 했다. 더구나 사하공화국과 약속한 학교와 병원 설립, 그리고 대형 판매장 건설도 문제였다.

"저는 사하공화국과 약속한 것을 다 지킬 것입니다. 사업을 하다 보면 손해도 볼 수 있는 일이니까요."

난 간단명료하게 대답했다.

'음, 헛말이 아닌 것 같군. 여기서 강태수가 물러나면 자칫 드비어스만 좋은 일이 될 수도 있고… 그렇다고 강태수와 수의계약을 맺게 되면 사하공화국과 비슷한 가격으로

계약을 맺을 수밖에 없는 것이 문제인데…….'

"후! 절 아주 곤란하게 만드시는군요. 솔직히 말씀드리면 현재 러시아 정부는 돈이 아주 많이 필요합니다. 알로사를 제값을 받고 팔기 위해서는 공개 입찰밖에는 없었습니다."

쇼린 부총리의 이야기는 틀린 말이 아니었다.

경쟁이 붙어야 그만큼 좋은 가격을 받을 수 있었고, 외화 부족에 시달리고 있는 러시아로서는 한 푼의 달러도 아쉬운 판이었다. 그의 고충을 충분히 헤아릴 수 있었다.

"부총리께서 겪고 계신 고민을 저도 충분히 공감합니다. 그래서 드리는 말씀입니다만, 공개 입찰은 생각대로 진행하십시오. 대신 저희에게 러시아 정부의 나머지 지분을 모두 넘겨주십시오. 그렇게 해주신다면 러시아 정부가 원하는 금액을 만들어 드리겠습니다."

쇼린은 나의 말에 놀라 물었다.

"그게 무슨 말씀입니까?"

"공개 입찰을 진행해서 알로사의 지분 30%를 드비어스가 높은 가격에 인수하게 만드는 것입니다. 그 대신 말씀드린 대로 정부가 가진 알로사의 나머지 지분을 넘겨주십시오. 사하공화국의 계약보다 5%를 더 올려드리겠습니다. 알로사가 만약 드비어스에 넘어가면 지금보다 더 좋지 않은 상황에 처하게 될 것입니다. 저는 러시아와 함께…….'"

쇼린에게 내가 가지고 있는 계획을 자세히 설명해 주었다. 내가 알로사의 인수를 포기하면 쇼린은 그의 말처럼 상당히 난처한 처지에 놓이게 된다.

더구나 알로사 지분의 50% 이상을 누구도 갖지 못하고 나누어진 상태에서는 경영 주체를 놓고서 큰 싸움이 벌어질 수밖에 없었다.

그러다 보면 알로사의 경영 상태는 지금보다 더 악화될 수 있었고, 러시아 정부가 특별조치까지 단행해서 모든 알로사의 계약을 백지화시킨 일이 오히려 자충수가 될 수 있었다.

러시아 정부의 이러한 조치는 사실 외국 투자자들에게는 신뢰를 받을 수 없는 일이었기 때문이다.

또한 지분 인수 가격을 사하공화국보다 5% 더 올려주어도 사하공화국에 약속한 공공사업에 들어가는 자금보다 더 적었다.

'강태수의 말처럼만 된다면 가장 좋은 조건이 될 수 있긴 한데……'

"좋습니다. 강태수 대표님의 이야기처럼만 된다면 러시아가 가지고 있는 나머지 지분을 모두 넘기겠습니다."

러시아 정부가 소유한 56%의 지분 중 공개입찰을 계획 중인 30%를 전부 드비어스가 가져가도 나머지 지분 26%를 인수하게 되면 게임은 끝이 난다.

이미 확보한 38%에 26%의 지분을 합하면 64%였다.

"감사합니다. 그동안 헐값으로 드비어스에 판매된 다이아몬드의 판매 대금도 어느 정도는 회수할 수 있을 것입니다."

"그럼, 말씀하신 것처럼 공개 입찰 조건을 곧바로 발표하겠습니다."

"지분 인수에 참여할 수 있는 기업이 많을수록 지분 가격은 올라갈 것입니다. 그리고 반드시 드비어스가 알로사의 지분을 인수하게 만들어야만 합니다."

"하하하! 좋은 결과가 기대됩니다."

쇼린은 호쾌하게 웃으며 나에게 손을 내밀었고 나는 힘있게 그의 손을 잡았다.

전 세계 다이아몬드 시장을 좌지우지하는 거대한 호랑이인 드비어스를 잡기 위해 러시아 정부와 함께 공동전선을 펼친 날이었다.

『변혁 1990』 17권에 계속…

# 초대형 24시 만화방

신간 100%, 샤워실, 흡연실, 수면실(침대석), 커플석, 세탁기 완비

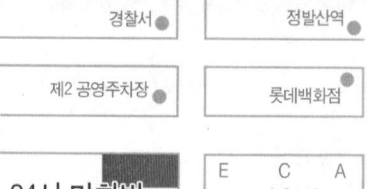

## ■ 강북 노원역점 ■

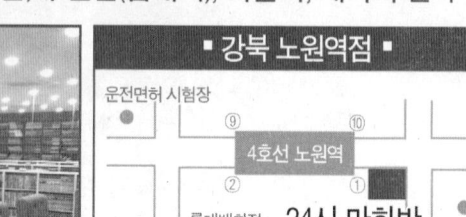

운전면허 시험장

④ ⑩

4호선 노원역

② ①

롯데백화점   24시 만화방   순복음 교회

서울 노원구 상계동 340-6 노원역 1번 출구 앞 3층
02) 951-8324 (화용빌딩 3층)

## ■ 일산 정발산역점 ■

경찰서   정발산역

제2 공영주차장   롯데백화점

24시 만화방

E   C   A
라페스타
F   D   B

라페스타 E동 건너편 먹자골목 내 객잔건물 5층
031) 914-1957

## ■ 일산 화정역점 ■

덕양구청

③ ④

화정역

② ①

세이브존

롯데마트   이마트

24시 만화방   화정중앙공원   화정동 성당

경기도 고양시 덕양구 화정동 984번지 서일빌딩 7층
031) 979-4874 (서일사우나 건물 7층)

## ■ 부천 역곡역점 ■

역곡역(가톨릭대)

CGV

역곡남부역 사거리

24시 만화방   홈플러스

삼성 디지털프라자

역곡남부역 기업은행 건물 3층
032) 665-5525

## ■ 부평역점 ■

부평문화의거리   시장로터리

한남시티프라자

24시 만화방   나들가게

부평
지하상가   부평1번가   춘천집 부평점

(구) 진선미 예식장 뒤 보스나이트 건물 10층
032) 522-2871

# 현대 소환술사

## THE MODERN SUMMONER

FUSION FANTASTIC STORY

현윤 퓨전 판타지 소설

하늘이 무너져도 솟아날 구멍은 있다!

드래곤의 실험으로 모진 고난을 겪어야 했던 레비로스!
우여곡절 끝에 소환술사가 되어 최강의 자리에 오르지만
운명은 그를 나락으로 떨어뜨린다.

『현대 소환술사』

다시 한 번 주어진 삶!
그러나 그마저도 암울하기 그지없는데……

소환술사 레비로스의
인생 역전이 시작된다!

Book Publishing CHUNGEORAM

# 월야환담

채월야 • 홍정훈 장편 소설

Book Publishing CHUNGEORAM

유행이 아닌 자유추구 -
WWW.chungeoram.com

FUSION FANTASTIC STORY

말리브해적 장편소설

# MLB
## 메이저리그

Book Publishing CHUNGEORAM

유행이 아닌 자유추구―
WWW.chungeoram.com

### 이경영 판타지 장편소설

FANTASY FRONTIER SPIRIT

# 그라니트
## 용들의 땅
GRANITE

사고로 위장된 사건에 의해 동료를 모두 잃고 서로를 만나게 된 '치프'와 '데스디아'.
사건의 이면에 상식을 벗어난 음모가 있음을 알게 된 둘은
동료들의 죽음을 가슴에 새긴 채 각자의 고향으로 돌아간다.
2년 후, 뜻하지 않게 다시 만난 두 사람은 동료들의 복수를 위해
개척용역회사 '그라니트 용역'을 설립해 다시금 그 땅을 찾게 되는데……

### 용들이 지배하는 땅 그라니트!
### 그곳에서 펼쳐지는 고대로부터 이어지는 운명적 만남,
### 깊어지는 오해, 그리고 채워지는 상처.

### 『가즈 나이트』시리즈 이경영 작가의 미래형 판타지 신작!

Book Publishing CHUNGEORAM

FUSION FANTASTIC STORY

인기영 장편소설

# 리턴 레이드 헌터

*Return Raid Hunter*

하늘에 출현한 거대한 여인의 형상……
그것은 멸망의 전조였다.

## 『리턴 레이드 헌터』

창공을 메운 초거대 외계인들과
세상의 초인들이 격돌하는 그 순간.
인류의 패배와 함께 11년 전으로 회귀한 전율!

과연 그는, 세계의 멸망을 막을 수 있을 것인가.

**세계 멸망을 향한 카운트다운 속에서 피어나는
그의 전율스러운 이야기!**

Book Publishing CHUNGEORAM

유행이 아닌 자유추구 -
**WWW.chungeoram.com**